采詩 ｜ 著

給高三女生的信

序

　　萌生支助陝西南部高中學子的念頭，始於二〇一八年五月八日。是李欽業兄陪著我們夫妻一起去他老家近鄰恒口鎮「恒口中學」。其學生蘇小英是該校辦公室主任，還在「香溪人家」宴請業師李欽業教授，我們也跟著沾光。回西安後特意表示感謝，很挑選了自己寫的許多書送給蘇小英及其學校，才回想並反思吾父與自己走過的人生道路，很想把要支助對象確定為安康市內。

　　一九四九年五月，吾父是跟隨解放軍第二野戰軍十九軍五十七師一七一團，參加了解放湖北省竹山縣、竹溪縣與陝南全境的戰鬥。其先後任五十七師一七一團營副政治教導員、團政治處宣傳股長（正營級）、五十七師政治部幹事。一九四九年七月最先解放陝西平利縣。一九四九年十一月解放洵陽縣、安康縣、漢陰縣、石泉縣。十二月解放西鄉縣、城固縣，並最後解放漢中。陝南全境此月乃全部解放。

　　我十四歲隨吾父從西安下放陝南安康縣張灘區張灘公社汪嶺大隊第一生產隊，乃就讀張灘中學。爾後吾父歷史問題有了好結論而出任安康地委革委會領導，我又就讀當地縣城最好中學——安康高級中學。再就是一九七四年一月高中畢業，插隊下放到安康縣葉坪區中原公社衛星大隊第一生產隊當農民，一幹就是近三年。我大學畢業後，又回到安康教書，至一九八三年底二十八歲

時調動工作回西安,又與安康結下深厚情誼達四年多。

　　我初步把支助對象確定為安康地區平利縣、安康縣張灘區或安康縣葉坪區與大河區。但並沒有找到或遇到合適人選,也沒有機會好好在下面走動,讓萌生此念之機緣得到落實。

　　我與插隊戰友趙衛平及其夫人是二〇二〇年十月有一次安康市漢濱區之行。這是衛平在西安上攝影專修提高課而聚餐時突然確定的。他知道吾父剛離世而心煩,又一直念叨着回插隊過農村看看。他早晨五點即起床,從寶雞開車過西安接上我又趕到安康。

　　十月二十五日,我們晚飯後到母校安康中學大操場散步,遇上一位原籍大河鎮現居恒口鎮高三級某班女生。是衛平先與之交談的。我隨衛平在西安各大學為其任職的超級企業招聘過數百名大學生,此方面經驗甚多,故當天遇到的女生,我們都感覺優秀,特別是衛平太太的首肯。當我們快要離開學校操場時,可能因為都是校友原因,我又敢說真話,我倆簡單談了《紅樓夢》與張愛玲等話題,還有在母校牆上廣告的夏廷康名人,就是我同班同學。衛平又介紹我是作家、教師,這位女同學竟然跑上前來非要我的電話 ,說想請教一些問題,並寫下其尊姓大名,我當即答應,回西安後一定寄書給她。

　　可能也就是在十月二十五日這一剎那兒,一條支助計畫隨着我與該女生短信、QQ以及後來發展為微信甚至電話的深入交流,而慢慢明晰起來。

　　雖說初步把她擬為支助人選,但還有許多實際問題需要一步

步落實，並能得到其女生及其家長同意。另外，與其班主任還要不要進一步接觸？又怎樣接觸？起初是有一定顧慮的。雖然，我在安康中學讀過書，又在安康學院老校區教過書；安康學院初創階段，這兩所學校不僅是近鄰，甚至交叉於一起。安康學院初創人員，諸多又來自安康中學，皆是全地區特異的優秀人才，亦為我的業師。至今，與這兩所學校諸多領導或教職工關係甚熟，但我一向做事低調，不願麻煩任何人，更何況這是個人私事，絕不能拉朋友入夥或幫忙，獨自擔當之，又不能響動過大，只能悄悄朝著目標前行。

在最為關鍵時刻，擬訂幫助計畫時，即此女生考前與考上大學後怎樣具體支助時，得到了身邊摯友提醒、指點與分寸的如何把握。他們或在寶雞，或在安康，或在海南，或在西安，這份及時關心，我是真誠感謝的。

同時，需要關鍵人物之介紹而順利見到該女生班主任時，我想到我高中班主任謝克源老師。他已退休多年，常居西安兒子或女兒處，我經常與同班同學趕其子女家問候，或組織農家樂活動，讓同學開車拉上他在西安周邊活動或散心。即使老師從西安回安康處理家務時，我也曾去過其安康中學家屬院家中拜訪之。在我班主任幫助下，由關鍵人物引薦，見到了任現職的班主任。這是二○二○年底一個星期一的早上，我破例讓安康中學大門放行，又上到教學大樓六樓高三年級班主任辦公室，見到該女生班主任。我直接說明來意，與之交談甚恰，並讓他一定保密，而從正面瞭解了該女生學習與家庭情況，並確定其家長是願意接受我

之幫助的；再與學生家長取得聯繫，真誠說明意圖，並得到其同意，才是我與其女生不同階段不同境況下的交流。

我與其女生是二〇二〇年十月底開始短信交流的，後來又用QQ交流，再後來又用字體比較大而方便的微信。短信、ＱＱ，甚至微信大多皆為一個詞兩個詞、一句話兩句話，即使交流起來，我敲字回復亦甚慢甚難而跟不上其節奏，故當初並沒有想到還能留下這些書信實錄。而且我倆電話交流亦多，每次要緊話常在四十分鐘之譜，許多話題亦不宜而不能留下文字的東西。只是我把原安康縣葉坪區中原公社知識青年支助優秀學子的計畫文書傳給她與家長之後，才照顧節奏，儘量寫成傳統意義的書信；後來，才有這些原始文件能整理出來。事情原委大致輪廓亦才能顯現出來。

編輯此批信件時，確保原始狀況，僅作甚少的技術處理，以求其真。即使這些傳統意義的信件，亦非寫給她的全部，而只是最終發給她的絕大部分。因為還有一些信，寫好後，拿捏其分寸或判斷發出與否，卻甚難，生怕影響對方進步與成長，故最終並未能發出，比如這裡僅選了一封以英文寫出的信，即情緒低落時心態自私的狀態。有些未能發出的信，或是寫好後，環境發生大變化而不宜再發矣。

當然，每封快速回信，無暇核對原書或真實情況，乃憑藉不是很靠譜的記憶——愚記性特別壞，亦有錯誤或筆誤，是難免的。如朱鎔基總理當年上的高中，坊間傳聞是長沙三中，愚落筆亦如之；後來核對後乃湖南省立第一中學，故正之。又如，愚起

初匆匆寫下的是「廣州外貿外語大學」，後修正為「廣州廣東外語外貿大學」；再如，原信「田漱華大姐是安康（五里鎮）人」，括號裡的字，是後來加的，但這種所加語境而說明之詞，以不超過幾個字為原則。文章畢竟是自己的，下決心結集時，雖亦盡量修改或正之匆匆筆誤，但原則是不再原信中增添新內容，不改變最初結構。然則作家介紹、說明與注釋補充文字除外。

關於女生真實姓名與她復信給我的文字，此次尚不能出版。為該女生擬定的名字，是以相近之西文名替代的。她還有大學四年本科學業要去完成，以不影響之為好。她高中同班女生真實名字，亦只能用英文名代替。悉肯請讀者諒解。

二〇二一年六月二十一日
於西安朱雀東坊

安康市周邊地圖

製圖：西安培華學院中文系教師 王玉玲

●從橋亭發源的恆河，經我們當年插隊農村的中原鎮，再經過紫荊鎮、大河鎮而入恆口鎮邊上的月河。

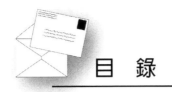

目　錄

給高三女生
的信

Marie Queille Wouang簡介

　　二〇〇三年十月十六日生於陝西省安康市漢濱區紫荊鎮茅溪口村，其村即在秦嶺南坡漢水支流恆河上游左岸；其鎮原歸屬安康縣大河鎮，後來其老家沙壩、荊河兩鄉合併後而獨立創建為紫荊鎮。

　　紫荊鎮是陝西省安康市漢濱區（原安康縣）北部鄉鎮之一，距市中心城區七十五公里，也是我二十世紀七十年代插隊安康縣葉坪區中原公社時的近鄰。當年，我們每次從縣城返回農村首先要在大河區略歇腳，公路與汽車至此乃終結；然後再步行沿鄉間小路，泝恆河九十五里，並經沙壩、荊河回到中原公社衛星大隊第一生產隊。我們插隊農村的居住點，即在恆河上游右岸。

　　現在的紫荊鎮，東與安康市漢濱區茨溝鎮相接，南與漢濱區大河鎮毗鄰，西與我們中原鎮相交，北與商洛市鎮安縣交界。

　　Marie Queille Wouang年幼時曾隨做曠工的父親在河北省張家口市蔚縣讀小學。其父是全村甚少有的高中畢業優秀學子，且成績優異，

　　因家境貧寒而未能繼續讀大學，卻對家裡五位孩子學業特別重視。Marie Queille Wouang父親不幸離世後，姊妹三人全考上大學，但老二卻早早送與他者，最小妹妹Marie Queille Wouang至今未曾與之謀面。老大比Marie Queille Wouang大五歲，是從恆口高級中學畢業的，考上西安一所二本大學。二〇二一至二〇二二學

年已是大三在校生;雖還未畢業,當地學校就知道其成績優異,有聘其為教師的意向。其母僅小學三年級文化,特別希望孩子個個能受到高等教育而為此拼盡全力:異常艱難刻苦,努力做電瓶車小本生意而維持着這個家。

Marie Queille Wouang家還有一位重要成員,即其表哥,也比她大五歲,也是安康高級中學畢業的優秀學子,當年以高考625分優異成績為四川一所重點大學錄取。二〇二一年在成都某大學讀電腦本科專業,曾當過三年班長,因學習成績優異,畢業前已被保送攻讀某重點大學碩士研究生;但他卻是位孤兒,也由Marie Queille Wouang母親四處貸款供給其讀書。

Marie Queille Wouang家境貧寒,但家裡學習氣氛甚好,所有家庭成員皆用普通話交流,而不說當地方言。其母特別勤懇、堅毅,對子女要求甚嚴,但從不過問敏感話題,即每次考試成績。

Marie Queille Wouang家長,為了孩子有一個好教育環境,是二〇一五年離開老家紫荊鎮茅溪口村,搬家至恆口鎮的,其戶口還在原鎮。這就與吾太太老家平利縣有點相似。平利縣境長安鎮雙楊村,在連仙河上游山區,有家長為了孩子有個好學習環境,甚至從連仙河上游雙楊村山上,搬到長安河川道平利縣富裕鎮長安鎮鎮政府邊上,讓孩子上好學校。這是我二〇二一年八月七日下午,沿着平利縣東大橋至關埡子自行車二十公里專用道快步行走時,遇到賃屋暫居長安鎮老鄉親口說的。

恆口鎮乃千年古鎮,始建於宋代,是安康市漢濱區最富裕的鎮,也是陝西最大的鎮,截止二〇一八年底,總人口踰二十二.六

萬人。該鎮已與二〇一二年升格為陝西省安康市恆口示範區，是陝西省委、省政府批准設立的統籌城鄉一體化發展綜合配套改革實驗區，也是國家級發展改革試點城鎮。

該區地處安康城區西部，月河與恆河交匯處，月河盆地中部，是漢江谷地與月河川道最為寬闊處，是連接安康市漢濱區、漢陰縣、紫陽縣三縣（區）交通樞紐與商貿文化中心。西與漢江谷地與月河川道最寬闊且為產稻大縣漢陰縣雙乳鎮相接。該區有直達安康市城區數路公交汽車，火車站即在漢江北部距離其甚近，安康新建「富強飛機場」也就在其鎮；陽（平關）安（康）鐵路、G316、S310公路橫貫其中，包（包頭）茂（茂名）、十（十堰）天（天水）高速公路亦在境內交匯，是連接西安、漢中、安康與重慶、武漢、成都之重要交通樞紐。全區總面積三八二.二平方公里，轄九十一個行政村。有中央、省級、市級駐區機構六十九家，小學三十二所，初中七所，高中多所，大中專院校及科研機構十四家，各類企業二三八一家。

Marie Queille Wouang上初中時，是在恒口鎮家門口一所較一般初中「草庵九年制中學」完成學業的，以特別優異成績為安康市最好中學安康高級中學免費破格錄取；其初中母校甚至二三年內皆未有如此優異學子能再考上安康高級中學，當地最好的高中。她讀高三時，最小胞弟，也為安康高級中學破格錄取。她與其弟是在同一所高中就讀，卻在兩個校區：她在漢江南岸新城老校區；其弟則在漢江北岸高新校區，全封閉管理的校區。二〇二〇年，其弟過生日時，由於她正在學校實驗大考階段而特緊張，

竟忘記此重要日子，而內疚地對我說出未能關照胞弟之歉意；我只能勸她想開點，以後日子與機會甚多。

安康高級中學也是我的母校。僅從我們一九七三級十班就走出一位世界知名人物，現居美國的世界著名智慧財產權大律師——夏廷康，也是母校考上北京大學首位學子。

Marie Queille Wouang考上全市最好高中，即為家裡節省了數萬元錢。平時讀高中生活特別簡樸，這是她班主任親口對我講的。對高檔商品沒有任何興趣，家長也如此嚴格要求她。一天到晚就是苦讀，甚至連買生活必須品等東西的時間幾乎都沒有。

她英語特別優秀，初中時已把高中階段課程應該掌握的單詞全背誦了，甚至大學四級單詞亦全部能識，而在高中階段也沒有為此門功課多費神，而把更多精力與時間全放在數理化上。

嚴耕望在《治史答問》中說：「中學時代，一般同學花在功課上的精力與時間，要以數學所占比例為最大，我的數學根基好，占了極大便宜。高中時代我於數學已不做課外習題了，但程度仍強，應付課堂習題，所花精力時間比一般同學要少得多，這也是我能多讀各種書刊的一大原因。」雖然二十世紀三十年代安徽省安慶與二十一世紀今天陝西省安康的高中學子讀書環境迥異，個人稟賦及爾後所學專業亦有異，但大史學家強調的無外乎：

中學時代必須有一門功課特別突出，不會在上面多費精力與時間，才能占大便宜，把精力與時間多放在其他課程上。Marie Queille Wouang 恰恰數學不是特別強，但英語以初中打下的根基

應付高中課程，較從容有餘，而不會再在上面多花精力與時間。

她語文也特優秀，知識面廣博，讀書較多。魯迅、張愛玲、余光中、洛夫及大陸當代諸多著名作家，她都喜歡讀，涉獵範圍很深廣。高一時基本把高三畢業時語文課本內容全學完了，還是把更多精力與時間全放在數理化上。

高一入學時，曾誤入本校旁邊的安康學院大操場，而以為本校操場如此之大又如此氣派，便常在此操場鍛煉身體而跑步。

高一時學業略有鬆懈跡象，高二高三乃感覺壓力大，益發努力刻苦。

二○二一年一月三十日晚上我倆對話如次：

「你知道為什麼我這樣全力幫你？」

「不知道。大概因為我聰明吧？」

「除了以前說過的，就不說了。」

「特別讓我感動的，我教書三十六年，碰見過好學生優秀學生，但從沒碰見你這樣勤奮努力的，拼命去學的。求知欲如此強烈！」

由此，我又想到嚴耕望大學同班同學錢樹棠，即特別聰明，常常研究學問好變化而好頻頻轉移陣地，而沒有嚴耕望特別踏實刻苦與堅強的韌勁及以一貫之的恆心。嚴氏業師錢穆，在其大學本科畢業而當研究生時，即縱論學生一生之成就：當年就並不怎麼看好錢樹棠。當時嚴氏大學剛畢業，並不理解老師此話深意；然則八十年後其蓋棺論定，學生究竟如何，確如錢穆所云也。

聰明，是爹媽所賜；刻苦，乃自己後天的努力。

持續而有恆力，乃終生刻苦努力，才是個人一生的福與惠。

她三年高中生涯幾乎沒有任何假期。每週最多會放假半天，有時連這半天皆沒有，而是在大節假日時放假一天。

她每天早六點起床。上午十二點下課，吃完飯僅能午睡半個鐘頭。下午仍是四節課。晚飯後還要連著再上三節晚自習。晚十點才下課。

她自己原在安康高級中學學校宿舍住，八人一間宿舍，因睡不好覺，在學校北大門對面兩位女生合租一間房子。每天回到出租屋，還要加班加點，夜裡十二點過後才入睡，異常發奮努力。她自己加班加點，是因學校時間安排異常緊湊，而給優秀學子並沒有留下任何自由時間；她自己還有學習計劃，還要去消化，還要去反思。

二〇二〇年初冬，安康特別寒冷，乃零下五六度甚至還多。她所穿衣服特別單薄，上面僅套著校服；我問她冷不冷，她充滿陽光地回答：不冷。然而，她的手卻凍得紅腫；出租屋內沒有暖氣，雖有空調，也捨不得開；我提醒她早點開，她總說還沒到開的時間。無論冬夏，她都是在最難熬時才啟動空調。

疫情期間，即使上網課或回家過春節幾天，亦幾乎不參加應酬或放鬆，天天仍是過夜裡十二點始休息。數年從無間斷。

有一次，我真心勸她過春節放鬆幾日，她答：不行，怕鬆弛後便難以如繼，堅決不！

安康中學老校區二〇二一級高三年級共有十八個班，所謂尖子班是在十八班；每班人數近八十人！由我還健在的班主任謝克

源老師之介紹，並由重要人物之引薦，我才見到她班主任，並撇了一眼其教室外面牆上廣告，皆是上一年為北京航天航空大學、中國石油大學所錄取的學生名錄，掛滿教室門口。她所在班級共七十八人，其班級是在全年級名次靠前的某班。安康十大縣平利縣初中畢業第一名優秀學子，即為安康中學從十大縣挖來的人才，也在其班上，然而其最後衝刺時各次考試成績並不如她。

二〇二一年四月十八日她彙報近日考試成績為：

語文和英語都是班上第一，單科成績年級前三十名；

物理也是班上前三；

但化學、生物、數學發揮不好，總分較平淡。所謂平淡，是指未能上六百分。要堅決上六百分，才是她追求的目標。

五月二十九日，她彙報近日衝刺考試成績：

總分606.5分。

其中語文117分（卷面共150分）；

數學129分（卷面共150分）；

英語140.5分（卷面共150分）；

物理88分（卷面共100分）；

化學59分（卷面共100分）；

生物73分（卷面共90分）。

英語單科成績上140分者，全年級僅幾人。

要上600分，是她最後衝刺目標。

我特別詢問了600分的概念，她答去年理科一本分數線是451分，即還要在此基礎上再高出150分，才是她高考衝刺目標。

其最終高考分數，是六月二十四日中午十二點剛過而放榜；陝西省招生辦發來短信通知為：

語文131分，高三全年歷史最高；

數學115分；甚感不是太滿意；

綜合242分；

外語138分，略感不是太滿意；

總分626分，全省名次2371。

一見總分，她乃特別驚喜；原話是：哭了！

二〇二一年陝西省高考理科一本分數線為：443分。她的分數高出理科一本線183分！

高考前天晚上，由於一個大失誤，影響了該女生，她竟然到淩晨三點才睡覺，只睡了不到五個鐘頭。如果其作息時間能正常的話，高考第一天之數學與語文，肯定會發揮更好，多考一二十分，應該是較為合理的。即便如此成績，也是她苦讀的好成績。

她的毅力、身體韌性與彈性，太美了，值得點贊！

七月十八日上午，該女生接到武漢大學電話錄取通知；另外，「二〇二一年陝西高考錄取結果查詢」，電腦系統亦顯示如次：

錄取批次：單設本科。

所謂單設本科批次專項計劃，是面向國家級集中連片特殊困難縣（區）、國家扶貧開發工作重點縣（區）、省級集中連片特殊困難縣（區）的定向招生，並分A、B兩段，採用平行志願模式而單獨填報。其A段為國家專項計劃，其B段為地方專項計劃。

據說，其單設本科定向招生辦法的制定，是溫家寶總理在任上制定的一項重要政策，使基層學子大大受益。

　　錄取院校：武漢大學。

　　錄取專業：國家專項——輕工類（含卓越工程師教育培養計劃）。

　　所謂國家專項計劃定向招生，就是國家一流大學向基層傾斜直接錄取的優惠政策。陝西省安康市漢濱區轄區所有農村戶口學生，才可以享受之；然則，其學生還必須要在戶口住地讀滿高中三年，才可以享受；同時，縣（區）招生辦要張榜公示之，其名額無異議才算有效。大約又有二十分的傾斜定向優惠，這二十分大概把她在全省高考總名次又提前至二千名左右或二千名之內！恰好該女生屬於其享受範圍，終於走進她心儀大學。

　　她高考成績，是二○二一年安康高級中學該班第一名，全年級十八個班總分排名二十多名（不算復讀生）。

　　安康高級中學，是陝西省重點中學，甚至在全國亦小有名氣。國家諸多第一流大學，每年高考結束後，皆要派招生老師，親自趕到一線而下沉其校，為之錄取優秀學子。

二○二一年六月十三日開始撰寫，
二○二一年九月十三日修改。

安康縣葉坪區中原公社衛星大隊第一生產隊知識青年支助二〇二一年高考錄取優秀學生的計畫

文件起草與執行人：李建國

緣起

我們是二十世紀七十年代初在安康縣葉坪區中原公社插隊的知識青年。當年艱苦的農村勞動生活經歷，是我們一生寶貴的精神財富。二〇二〇年十月我們知青數人重返四十餘年沒有回去過的農村，特別激動而感觸良多。

十月二十五日又重返母校安康中學操場，接觸了幾位正念高三的優秀校友，而萌生念頭，故擬訂此支助計畫。

顧問團隊

趙衛平：退休前為寶雞某大型企業黨委副書記；原插隊下鄉安康縣葉坪區中原公社團結二隊。

李建國：退休前為陝西省石油化工學校語文教研組組長、副教授、姓名學及民國版本研究專家；原插隊下鄉安康縣葉坪區中原公社衛星大隊一隊。該計畫執行人。

羅道遠：退休前為安康鐵路局車輛段高級技工；原插隊下鄉安康縣葉坪區中原公社衛星大隊一隊，也是該隊知青小組組長。

程必俊：退休前為安康市漢濱區五里區副區長，漢濱區鄉鎮

企業局局長；原插隊下鄉安康縣葉坪區中原公社團結二隊。該計畫行政法規與安康當地民風習俗顧問。

支助人要求

一、安康縣原知識青年。

二、安康中學高中畢業者。

三、此計畫，不求任何回報且為無私奉獻。不以此牟利、不以此有任何非法或不道德行為，是真心幫助受益人。

受益人要求

前提：通過行政手段或走訪母校各種方式，獲得安康中學二〇二〇至二〇二一學年高三級一至十八班學生準確資訊的。二〇二一年高考錄取通知書（無論一本或二本）發給該同學後，須在我計畫處留存影印本或真實資訊的。

並同時符合以下前六項條件的：

一、品學兼優的優秀學生。

二、家裡經濟狀況一般或負擔較重。

三、其學生與家長同意我計畫支助的。

四、學生本人，願意接受我計畫採取適合該同學支助方式的。

五、每學期或每學年向支助人提供在大學期間各科考試成績複印件或真實資訊。每學期或每學年向支助人彙報學習、生活與思想品德等方面有何進步的文書一次。

給高三女生
的信

　　六、最終向支助人提供大學本科學歷畢業證影印文本一份；或在國家教育部官網可以查到其畢業證書的電子資訊。支助人必須確保不得以此違反亂紀。

　　七、受益人若在大學讀書期間，違反國家法規或大學校規而道德敗壞者，即視為該支助計畫終止。

支助方式

　　支助人的支助，是僅為受益人提供學費或與學習相關的費用。

計畫目的

　　我們父輩或為抗戰老兵，或為共和國締造者一員，或為共和國初創時期辛勤耕耘者。父輩創業建業為國家為人民效力而無私奉獻精神，不能在我輩失傳。改革開放四十餘年來，大陸達到並接近中產階級的人數愈來愈多，可是捫心自問，我們做得還不夠，即發達國家中產階級經常會拿出年薪10-25%，無償捐贈給需要者，而不圖任何回報。[1]

　　近年來，高校常成為新聞輿論焦點，問題較多。比如殺害母親或同學，校園貸，電信詐騙，女同學賣淫或賣卵行為，深陷打工騙局，享受校園周邊賓館無限度數夜爛情，等等，雖則人數甚少，但卻使國人深思。我輩若能少換一次車，少換一個高檔手機，少出國旅遊一次，少豪華宴請一次，獻出點滴愛心，讓優秀學子初入大學校門與社會，走得更穩健才好，乃聊盡微薄之力

26　　　　　　　　　　支助計畫

也。

柳青說：人生的道路雖然漫長，但緊要處常常只有幾步，特別是當人年輕的時候。

願優秀學子在人生緊要關頭，走得更穩健。

子曰：老者安之，朋友信之，少者懷之。最後一句是說：少年人得到關愛，社會便有醇厚之風，文明薪火就會在和諧社會下代代相傳。

計畫實施細則

一、支助人主要選擇一幫一形式。計畫周期為一至四年。醫學、建築專業學生可延長為五年。本碩或本博連讀者，再議。

二、支助人也可選擇一次性支助，僅以受益人入學第一年學費為限，或更少。

三、每年支助金額最高暫定一萬元，最低一千元。支助錢數確定後，再與受益人商定付款方式。付款時間為每年八月。

四、支助人與受益人在該計畫實施啟動初期，即高考前與拿到錄取通知書之前，皆要保守此計畫任何資訊，而不宜洩露給第三方，以免給雙方生活與學習帶來不必要麻煩或困擾。

五、支助人要尊重安康中學教育工作者的辛勤工作，或積極與班主任聯繫、溝通，確認學生實際情況。

李建國與趙衛平夫婦十月二十五日到安康中學大操場散步，遇上一位原籍大河沙壩——我們中原鎮鄰居（從縣城上、下大河

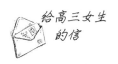
都要經過之），且是我們知青專幹大河鎮史洪羽叔叔的鄰居——現居恒口的高三級某班女同學。我們隨衛平在西安各大學為其超級企業招聘過數百名大學生，此方面經驗甚多，故當天遇到的女生，我們都感覺優秀，擬為初步人選。

我也特別感謝這一緣分，特別感激趙衛平夫婦能幫我了卻多年心願的真誠協助。經過兩個多月交流，李建國已認定此女生為我支助對象，待其拿到大學錄取通知書後，而與她及家長商議支助計畫。初步擬訂為四年。

李建國退休前教書育人實際教齡為三十六年，加上插隊當知識青年時在安康縣葉坪區「中原初級中學」教學的經歷。退休後已不再在任何教育機構任職，而潛心學問，踏踏實實著書立說。大半生總算兢兢業業，從不巴結領導與權貴，特立獨行，為人師表又勤奮努力，以自己的專精而博學站穩講臺，深得我校與陝西省教育學院、西安交通大學醫學部護士學校、西安外國語大學職教學院、西安工運學院、西安醫學院學生的尊敬與喜愛，的確有諸多經驗與教訓，很想在有生之年，把自己做人與為學的心得體會，再傳諸優秀學子。

李建國父親是老革命，十四歲即參加抗戰是抗戰老兵。參加過上黨戰役、平漢戰役。一九四九年後已在解放軍第二野戰軍十九軍五十七師師部任職，並從湖北竹溪縣入陝西平利，一路解放平利、洵陽、安康、石泉、西鄉、漢中及其陝南全境。爾後該師接到中央命令，全師轉業到我國石油戰線工作，即任職西北石油管理局黨委秘書，延長油礦宣傳部副部長，陝西省委組織部工業

幹部處處長，安康地委革委會第一任宣傳部長，陝西省興平化肥廠書記兼廠長，陝西省煤炭工業局副局長。離休後，二〇〇五年榮獲中共中央國務院中央軍委頒發的中國人民抗日戰爭勝利六十周年紀念章，二〇一五年榮獲中共中央國務院中央軍委頒發的中國人民抗日戰爭勝利七十周年紀念章，並由抗戰勝利日起，享受副省級醫療待遇。

　　由於我父親與安康深厚的感情及自己在安康工作過的經歷，傳承父輩無私奉獻精神，乃我輩責任與積極努力的方向。

　　二〇二〇年十二月三日草於西安，二〇二一年一月二十日至二十二日數次接到趙衛平、羅道遠修改意見後，再修改；並初次傳給該女生與其家長，二〇二一年七月初最後改定，並於七月十八日再次傳給學生及其家長。

注釋
〔1〕美國駐華大使館官網二〇二一年十二月四日〈美國人捐款不斷創新高〉：二〇二〇年是疫情大流行的一年，疫情對美國經濟發展與民眾生活影響非常大，但美國人在這一年的慈善捐贈不但沒有少，反而創下歷史新高，捐贈額高達四七一四億美元，占 GDP 的二·三，比二〇一九年增加二二八億美元；如果按人頭計算的話，平均每人捐款一四三二美元。此文具體數據分析甚詳細。然則，該網站與之相關話題就有二十一個。

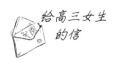
給高三女生
的信

·第一封·

最後一次大戰，依然是完成一次作業

小Wouang 校友好！

我昨天下午才回到西安。

今早先寄兩本自己寫的書給你。我挑選者，皆為適合你的。高考在即，主課至上，我這種閒書與其他閒書，這個階段不宜在上面花費時間，隨便翻翻罷了。愚所輯錄錢鍾書法文名字與其老式英文拼寫的名字，倒是蠻好玩的；楊憲益梵文、英文韋氏拼法名字、法文名字，亦有趣。可惜拙作《取個有意思的英文名字 中華文化名人英文名字六百家》（增訂版）三校畢而版式已不能改動時，才發現一直尋找而未有機會見到的楊絳老式英文名，未之錄，憾之。[1]

另有咖啡與核桃各一盒，送與你。

我原來平時喝的是其他牌子的，今年剛喝到海南春光炭燒咖啡，感覺不錯。每天上午僅能喝一兩杯，提神甚好，但不宜太多。然則不宜破規矩晚上也去喝，即失去身體平衡與本錢。你要喜歡這個牌子，望吩咐，我好再給你下單，為校友高考最後衝刺鼓勁、加油！

小核桃仁，乃特別小一小瓶，請你嘗嘗。這是我朋友從浙江杭州寄給我的。此硬果容易上火，不宜貪多，然味道不錯。

住安康賓館那天早上，不知你們作息時間，想請你吃個便飯，未能隨愚意，這點小吃也是家裡現貨，隨手拿的，補個過。真不知適合不適合你？

　　高考在即，望生活、學習、休息，務必規律，並報平常心。最後一次大戰，依然是完成一次作業耳。

　　過去母校總讓自己優秀學生特別是子弟，高二時皆試著偷考一次，大多皆能上一本線，如發揮好，分數好直接就走了。愚知道我同學兒子，高二時就考了一次，分不錯，但沒走，高三時又考，上了同濟大學。母校這段歷史，乃不守規矩的歷史，後人定會評說。

　　望不要告訴他者。

　　我寫這一段是想告訴你，即使你高二時考也會走，但不一定如己意而已。

　　順豐快遞預計明天中午抵達，注意查收。

　　匆匆先寫幾句。

　　即頌

校友緊張而快樂！

李建國

二〇二〇年十月三十日夜

注釋

〔1〕楊絳英文名：Chi Kong-Y Ch'ien（錢楊季康）或 Chi Kong-Ch'ien（錢季康）。這是一九三六年五月十五日錢楊二人手書花體簽名，在幾本原版英文書中所發現的。其一為《Eight Victorian Poets》，F.L.Lucas 著，劍橋大學出版社一九三〇出版。此書內頁有「中書君」題簽及購書時間地點與 Chung-shu Ch'ien（錢鍾書）與 Chi Kong- Ch'ien（錢季康）簽名。另一本書《Essays about Men, Women, & Books》，Augustine Birrell 著，倫敦 Elliot Stock 一八九四年出版，其中還有「海天鶼鰈」錢楊夫妻鈐印與 Chi Kong-Y Ch,ien（錢楊季康）簽名，購書時間是一九三六年四月一日「萬愚節（All Fools Day）」於牛津。澎湃新聞記者徐蕭〈華東師大新發現錢鍾書英倫藏書四種，批註中展露學生姿態〉，二〇二〇年八月七日。

給該女生所寄之書：采詩編《取個有意思的英文名字 中華文化名人英文名字六百家》（增訂版），白象文化事業有限公司二〇二〇年九月初版。

給高三女生
的信

送給該女生第二本：《采詩散文集：訪錢鍾書故居》，白象文化事業
有限公司二〇一六年二月初版。

· 第二封 ·

做完人與自殺

小Wouang 校友好！

　　上午通電話，甚暢，主要皆為我說，給你留機會少。然則你亦願意聽，甚欣慰。

　　生與死，我談不好亦不願談，乃凡人一個。知天命，聖人能達焉，愚全然不知，非謙虛也，真乃不知也。

　　愚僅記得聖人好像說過：要做完人；此所謂完人，是指身體完好，即父母所賜，在父母皆離世前，一定要保護完好，不要讓父母傷心，才對得起父母生養之大恩。[1]

　　愚現在敢說此話，我自己做到了，是完人。父母皆已離世，我身體還好，無殘疾而完整。

　　因進學壓力大，精神恍惚或自殺者，皆為敗兵，大浪淘沙也。他們或心理素質差而敗下陣來，甚至選擇絕路，對不起父母對不起朋友，亦太自私而懦弱矣！[2]

　　當然，政府與教育體系，問題亦大，沒有盡責。非我們能及之。既不足憐惜亦無力拯救之。因為世上從沒有「救世主」！

　　你一定要從此陰影中走出來，儘量不去想之，才能爽朗面對每個今天。

　　當然，人非草木，孰能無情？

這正是你本真一面。要仁慈愛及人，要講人性，是為人。你就要多想想離去之友對你的希冀。怎樣把它變成動力。

我上大學時暗戀一位同班女生，亦相互欣賞，是漢陰人，其父官大得驚人。她從京師到漢陰又到漢中上學。大學快畢業時她突然急病大病而走了。其父是空軍高官，為了救她，從京師調動專機抵達漢中，把她送到京師高官常住之醫院，亦未能挽留其生命。

我當時人一下麻木了。這就是我的初戀。

後來才慢慢調整過來，總感覺有兩人理想，凝於一人之身，得加倍努力。這就是剛送你散文集最後一部中〈Hedi，我來找你〉。只有愚大學同學能讀懂此文。

前些年我與趙衛平曾到漢陰其父紀念碑去過。同是看風景，我倆心情不同，更何況趙不知此故事。同是校友，才寫之，是有過相似感情與經歷，乃互相勉勵之，望你一定振作起來。

愚寫此段竟然淚流滿面。愚很少流淚，亦很少說出此段故事。

人一定要看得高遠，要立大志，才能規劃好自己所走之路，才不妄活或苟且。

我給你提到嚴耕望，他老師錢穆，就是這樣教育他的。當然那是嚴氏大學老師之教導，實則嚴氏讀高中時就確定了一生目標，即從事史學研究。他數學特別好，同學老師都以為會考理科專業院校，得知他考上武漢大學歷史系，都惋惜之。

燕雀安知鴻鵠之志哉？他原本要報考中山大學歷史系，從老

家安徽走到武漢大學為其優美壯觀校區吸引，才作的決定。

他是百年來最了不起大史學家之一，若考了其他理科院校，今天愚再也讀不到《唐代交通圖考》（六大冊），五十年來之吾國史學，亦黯然失風景！

你文字還順，望一定多砍掉「的」；的，太多矣！

電話一完，我就下樓為你寄蘋果，十二個，就是渭（南）北（部）高原吾省最好的。前一段時間朋友開車從銅川拉回來的，我同車。箱子未裝滿，又買了六個臨潼大石榴。

石榴維生素A多，好好吃。

明天你休息，就會收到。

只能週末聯繫，望週內關掉手機。

祝心情好且進步！

校友 建國 上

二〇二〇年十月三十一日

注釋

〔1〕《孝經·開宗明義章第一》：「仲尼居，曾子侍。子曰：「先王有至德要道，以順天下，民用和睦，上下無怨，汝知之乎？」曾子避席曰：「參不敏，何足以知之。」子曰：『夫孝，德之本也，教之所由生也。復坐，吾語汝。身體髮膚，受之父母，不敢毀傷，孝之始也；揚名於後世，以顯父母，孝之終也。』」《論語·孟子·孝經·爾雅》，遼寧教育出版社一九九七年三月，第一頁。張艷雲點校。

〔2〕該校友要我電話，最急切想請教者，即她一位初中要好同學，
　　自殺而深受其影響。

大陸繁體字影印版，《唐代交通圖考》（全六卷）之一。

·第三封·
緣分與同病相憐

小Wouang 校友好！

不要因我倆之友誼，而影響你最後衝刺節奏。

只要是有良心的大陸知識分子，都會為一位青春少女跑來要同為校友的電話，而知道你又這麼優秀，會助你一臂之力的。國人都知道你們壓力太大，甚至把家長、老師及其親戚朋友都壓得喘不過氣來。更何況我朋友趙衛平，又是一萬八千人大企業人力資源部部長，與其太太法院院長，皆誇獎你聰明、大方、英文優秀。

我們大概有緣。我四十四年前插隊勞動的地方，與你老老家是鄰居。每次回安康或擔挑子下大河，皆從你家門口過，且同飲恒河水——此水真得太甜了。[1]

前些天，我心情頗不順，老爺子九十四歲高壽而去世了，幾夜幾夜失眠。想不到你幼年即失怙，在你面前，我不敢言苦，因難以及之。朋友開車讓愚出來散心，沒想到竟然碰到同病相憐之校友。

這些年我常來安康，去過恒口一所學校，還去過平利縣八仙鎮，還想到我一位親戚就是一個縣慈善機構的領導。很想每一年捐贈出微薄的錢，遠距離的能資助努力向上的學子，不與他／她

近距離交流，也不問受益人任何資訊，不求任何回報。

　　沒想到遇到你，我的想法略微改變。上次電話裡莽撞說借與錢的話，望不要介意。

　　你高考前生活費不寬裕，一定說，我每月皆可幫你。一定不要輸在營養比別人差上。另外，一定保持身體健康與健康心態。手上錢寬裕點，略從容。[2]

　　我太太常說我前言不搭後語，誠然如之。因為大腦內信息量太大，說出來的常常是不連接的，只有我心裡知道底蘊，聽得人未必全知曉。

　　但是，我並非大款，也達不到大陸中產階級級別。在我們兄弟姊妹中，我最窮；在大學同學中，我退休工資甚低，在西安買不起大房子，住的的確是陋室，家中沒有值錢東西。但我們有穩定退休收入。我與太太都不追求奢華生活，不去國外旅遊，也不羨慕任何我們不需要的東西。想想看，故宮養心殿皇帝晚上睡的那張床，甚至沒有平民百姓的大，即永遠知足矣。我倆生活簡樸，不愛亂花錢——上次電話裡說我在漢中迪卡農（Decathlon）大買衣服，是滿足趙部長的審美，他為我挑選衣服皆成我的經典，平生僅兩次。太太最為節約，我給他買衣服的錢，總不見響動。感覺平淡、簡約，日子很舒服，如此而已。因為我一生的目標，就是讀書、教書、寫書，家裡全是書。

　　每月省出一點錢，資助學子，完全可以，而且我會感覺特別愉快。

　　另，上次電話裡說：年輕人最缺的是錢，我們老年人最缺的

是青春之活力。這是大概意思，是陳香梅女士的話，她是美國飛虎隊將軍陳納德太太，當年他倆在南京結婚時，讓許多年輕人羨慕。可她到美國沒幾天丈夫就死了，她又從零開始奮鬥，還要扶養將軍前妻子女，甚艱難，而最後成功，當了議員。

我書中輯錄有她與將軍英文名。[3]

因為，我自己年輕時，得到過臺灣大作家柏楊與其太太張香華老師許多資助，還得到過美國大史學家唐德剛教授的饋贈。我自己起碼要學學前賢與老師，也為社會盡一份力。

更重要的是，我感覺大陸知識分子與美國的最大區別是，美國人可以拿出總收入10-25%，捐贈出去，不問受益人任何資訊，而大陸慢慢富起來的中產階級，無此意識亦無所作為，很多皆是不及格的。

我自己近來最頭疼的是，一生研究姓名學，從五十五歲到今年，發奮努力著書立說，大約寫了十來本書。可是，近期不能再堅持，頸椎出現問題：讀與寫，緩了又緩，慢了又慢；大約每天或兩天還能堅持寫一兩個鐘頭就得停止。今年寫作計畫是一部古代漢水地理隨筆，已接近完成，也擱置了。還有許多寫作計畫又束之高閣。上次見到你，是在西安針灸了四十天后而出來行走的。我是初中同學、高中同學、甚至大學同學中惟一能堅持下來研究學問的人。去年代表作《西漢人名的時代精神及其命名特徵——以〈漢書〉為考察個案》出版後，得到幾位業師與學友的好評。不能甩開膀子大幹，太難受矣。若再不能從事學術研究，好像我的生命就黯然失色。惟有學術才是一個時代的靈魂啊。

思想清楚，但體力不能及之，是我最大的疼。

退一步說，這下有時間了，我總要幹點有意義的事吧？

你母親真偉大，能培養出你，致敬！當然，你自己的努力，值得愛學習的人，為之點贊！

要多認繁體字，若把你派到臺灣、香港、澳門或美國，何以工作？——那些地方用的全是正體字即繁體字呀！

咖啡、小核桃、蘋果都喜歡吧？

蘋果一定會接著寄，還喜歡哪個或缺什麼，望吩咐。

願助你一臂之力！

建國 校友上

二○二○年十一月二日夜

注釋

〔1〕恒河是漢江二級河流，先流入月河，月河再入漢江。

〔2〕其女生非常謹慎，起初並沒有馬上答應。

〔3〕指《取個有意思的英文名字——中華文化名人英文名字六百家》（增訂版），白象文化事業有限公司二○二○年九月，第二二八頁。克雷爾·李·陳納德將軍英文名：Claire Lee Chennault，陳香梅英文名：Anna Chan Chennault 。

采詩《西漢人名的時代精神及其命名特徵——以〈漢書〉為考察個案》，白象文化事業有限公司，二〇一九年十一月初版。

·第四封·

藏其鋒芒，跟上節奏

保持與大家同步的心理、健康、學習大步伐，你就勝利了

小Wouang 好！

無論中學還是大學，都是培養一般人才的。

真正精英，到目前為止，只有極個別國家中學教育之設計，才有專門培養機構，如英國某中學，即以希臘文、拉丁文為主課，還要學其他諸多重要課程。當然這是以人文科學為主的。[1]

安康中學高中十八個班，如老師教了三年，最後只培養了一位上清華的（甚至以後還能拿下諾貝爾獎），其他人都沒上本科線，它就失敗了。

它辦學，就是要讓十八個班之十五個班的人都上本科線，它才成功，才能繼續掙錢，才能有名氣。

故像你這樣的精英，你自己不能全跟它合拍，要有自己的節奏。一定要藏其鋒芒——現在露鋒芒不好，——只能添麻煩，讓人嫉妒。

現在露出來又有何用？只有最後一展風采才能見高下呀。但你一定保持與大家同步的心理、健康、學習大步伐，你就勝利了。

今年大環境很差，能保持住學習、心理、身體的平衡，就是

勝利。

故你自己要有計劃，要有耐心，磨礪其鋒芒。

想想看，安康中學給你免費，你就得聽人家的呀，就得遵守人家規則。你這個免費生，確實了不得，這在大城市，就等於給家裡掙了十幾萬甚至幾十萬。

眼下環境、上下左右，都以保持現狀為好。

我兒子年齡比你大一倍，他當年是西北工業大學附中高三一班英語課代表。

他們班那一年應該考最前面的，可是大多都不理想。因為，那一年考題難度係數太低，反而讓他們大意了。如難度係數高他們可能會出色，反之則遜色！

他的分比理科一本線還高出五十多分，六百三四十分吧。本來可以高出一百分的。

此分只能上武漢大學、廈門大學、中山大學、西安交大一般的專業。

當年他是全省第三千多名。當年一分，同時就有三千人。

可是我沒細看中山大學往年與當年在陝西省招生人數，報了中山大學，豈知細看後中山大學招生人數比往年少了三十人。他檔案過去了卻沒錄上，退回來後又不服從分配。

（你們現在好了，錄取系統不會再出現這種情況了。）

複讀都給他報名了，又沒去。

最後交了四萬元，點錄到西安建築科技大學一本理科會計系。他自己喜歡這個專業。

也是咱們安康中學校友、我的同學、時任其校招辦主任的，硬要幫我。

到目前為止，我兒子其錄取分數線，仍然是其校該專業最高分。這是我一生最大敗筆。

但他畢業找工作都比較順。

他上大學常說：他們很多老師，站在大學位子上，連我都不如。我從安康學院調動工作回西安，大學沒進成，後在中專學校任教。

人生諸多時候，不如意常占七八。只要能看清目標朝那奮鬥即可，其他都要忍一忍，也並不重要。

哈金有部獲獎名作《waiting》，其小說內容挺沉重，但人生又時時在等待。[2]

　　　即頌

安康！

校友 **李建國**

二〇二〇年十一月九日

注釋

〔1〕指英國羅愛德‧威廉姆家族企業於一九一三年創建的英國莫頓中學，是一所私立學校。

〔2〕此比喻並不恰當，但人生時時是等待狀態，只是借用 waiting 一詞。哈金《waiting》特有名，獲一九九九年美國「國家圖書

獎」，二〇〇〇年美國筆會／福克納基金會頒發的「美國筆會
／福克納小說獎」。《waiting》已譯成二十餘種文字出版。

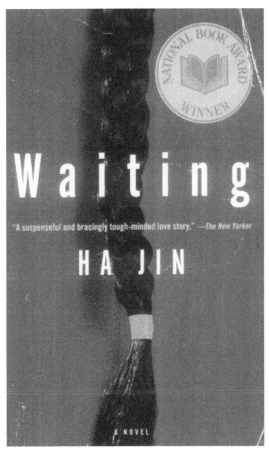

哈金出版的小說《waiting》封面，美國蘭登書屋一九九九年版。

·第五封·

洛夫〈愛的辯證〉

如果有約定的話，我在你翻越高考山峰之後，
在山那邊大江平原處之某大學圖書館等你

小Wouang 好！

我錄下面洛夫的詩，給你，是首愛情詩。[1] 我只會像長輩關心晚輩那樣，絕不會有其他意思。但此詩寫得太好了。

契約精神、約會之永恆、山誓海盟，恐怕是大陸當代青年人最缺失的。這首詩，是臺灣詩人「非馬」（居美國芝加哥）在香港為洛夫編輯的一部詩集，也是其書的名字（非馬選《愛的辯證——洛夫選集》，香港文藝風出版社一九九八年九月）。

如果有約定的話，我在你翻越高考山峰之後，在山那邊大江平原處之某大學圖書館等你。[2] 咱們安康人多食米飯魚肉，生活習慣不適宜北方，故不建議你去北方某大學（僅供參考）。

愛的辯證（一題二式）

尾生與女子期於梁下，女子不來，水至不去，抱樑柱而死。

——《莊子·盜蹠篇》

式一：我在水中等你

水深及膝

淹腹

一寸寸漫至喉嚨

浮在河面上的兩隻眼睛

仍炯炯然

望向一條青石小徑

兩耳傾聽裙帶撫過薊草的窸窣

日日

月月

千百次升降於我脹大的體內

石柱上蒼苔歷歷

臂上長滿了牡蠣

髮，在激流中盤纏如一窩水蛇

緊抱橋墩

我在千噚之下等你

水來我在水中等你

火來

我在灰燼中等你

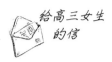

式二：我在橋下等你

風狂，雨點急如過橋的鞋聲

是你倉促赴約的腳步？

撐着那把

你我共過微雨黃昏的小傘

裝滿一口袋的

雲彩，以及小銅錢似的

叮噹的誓言

我在橋下等你

等你從雨中奔來

河水暴漲

洶湧至腳，及腰，而將浸入驚呼的嘴

漩渦正逐漸擴大為死者的臉

我開始有了臨流的怯意

好冷，孤獨而空虛

如一尾產卵後的魚

篤定你是不會來了

所謂在天願為比翼鳥

我默然拔下一根白色的羽毛

然後登岸而去

非我無情

只怪水比你來得更快

一束玫瑰被浪捲走

總有一天會漂到你的手中

引自《釀酒的石頭》

詩，短，好錄之。

祝福圖書館的約定，成真。只是你喜歡什麼樣的圖書館，由你。

校友李建國

二○二○年十一月十四日

注釋

〔1〕之前，曾給她抄錄過洛夫〈石榴樹〉：

石榴樹

假若把你的諾言刻在石榴樹上
枝椏上懸垂著的就顯得更沉重了

我仰臥在樹下，星子仰臥在葉叢中
每一株樹屬於我，我在每一株樹中
它們存在，愛便不會把我遺忘

哦！石榴已成熟，這動人的炸裂

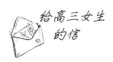

每一顆都閃爍着光，閃爍著你的名字

選自《眾荷喧嘩》

〔2〕此約定竟然兌現成真。二〇二一年七月十九日，已得知該女生
錄取大學為武漢大學後，愚查看武漢大學官網其所在院系所學
專業，順便作為一般讀者（並非能登錄者）進入武漢大學圖書
館查詢，沒想到該大學圖書館居然有拙作六部：

一、朵詩著《缺少了什麼》（散文集），臺灣大川出版社一九
　　九三年十月。

二、朵詩著《老版本：一九〇六至一九四九年間的舊書倩
　　影》，臺灣白象文化事業有限公司二〇一五年三月。

三、《朵詩散文集：訪錢鍾書故居》，臺灣白象文化事業有限
　　公司二〇一六年二月。是散文集乃三部散文合輯：
　　　1.《空蕩蕩的漢江》，散文詩集；
　　　2.《銅車馬到底是做什麼用的》，文史小品集；
　　　3.《訪錢鍾書故居》，散文集。

四、《夏志清的國學根底：朵詩題跋眉批集》，臺灣白象文化
　　事業有限公司二〇一七年十月。

五、朵詩著《書房浥浥——從李二曲到唐德剛》（書話書評
　　集），臺灣白象文化事業有限公司二〇一八年七月。

六、朵詩著《西漢人名的時代精神及其命名特徵——以〈漢
　　書〉為考察個案》，臺灣白象文化事業有限公司二〇一九
　　年十一月。

這是我最早得到洛夫詩集的繁體字版。

·第六封·

洛夫〈邊界望鄉〉

小Wouang 好！

再錄一首洛夫的詩。

此詩是洛夫轉變風格後的一首，即明朗易懂——不像他早期的詩，隱晦難懂；而且簡直就是大白話。

背景是：

截止一九七九年三月，洛夫一九四九年去國後從未再歸故國。當時余光中正在香港中文大學任教。香港大學薪金恐是全世界最高的，也是向全世界招聘教授的（大陸教育低水準，就是沒有向全世界開放，公開招聘教師）。[1]

此時，余光中去國後雖在港任教多年，也未曾回國。

送你的拙書，前面推薦序，是任世雍教授所賜，任世雍教授，是吾國少有的比較文學專家，曾與余光中在高雄中山大學文學院共事兩年——他與太太田漱華來西安時親口對我說的。田漱華大姐是安康（五里鎮）人。

邊界望鄉

——贈余光中

說著說著

我們就到了落馬洲

霧正升起，我們在茫然中勒馬四顧

手掌開始生汗

望遠鏡中擴大數十倍的鄉愁

亂如風中的散髮

當距離調整到令人心跳的程度

一座遠山迎面飛來

把我撞成了

嚴重的內傷

病了病了

病得像山坡上那叢凋殘的杜鵑

只剩下唯一的一朵

蹲在那塊「禁止越界」的告示牌後面

咯血。而這時

一隻白鷺從水田中驚起

飛越深圳

又猛然折了回來

而這時，鷓鴣以火發音

那冒煙的啼聲

一句句

穿透異地三月的春寒

我被燒得雙目盡赤，血脈賁張

你卻豎起外衣的領子，回頭問我

冷，還是

不冷？

驚蟄之後是春分

清明時節該不遠了

我居然也聽懂了廣東的鄉音

當雨水把莽莽大地

譯成青色的語言

喏！你說，福田村再過去就是水圍

故國的泥土，伸手可及

但我抓回來的仍是一掌冷霧

後記：一九七九年三月中旬應邀訪港，十六日上午余光中兄
親自開車陪我參觀落馬洲之邊界，當時輕霧氤氳，望遠鏡中的故
國山河隱約可見，而耳邊正響起數十年未聞的鷓鴣啼叫，聲聲扣
人心弦，所謂「近鄉情怯」，大概就是我當時的心境吧。

引自《時間之傷》

　　儘管，洛夫與余光中後來皆多次回過大陸，但此時此景，的
確真實感人。

只是我自己前段時間回大河鎮、中原鎮的文章過於寫真，還不擬讓你看——太長了。

中原鎮與你老家沙壩，永遠相連。

校友**李建國**

二○二○年十一月十五日夜

注釋

〔1〕大陸教育截止二○二一年上半年，僅有極個別學校能聘請極個別國際頂尖級人才來華任教，如清華大學才開始有意識地招聘國際一流人才來任教，如二○二一年六月十一日澎湃新聞〈頂尖數學家、菲爾茲獎得主比爾卡爾加盟清華丘成桐數學中心〉。此乃極個別特例，亦剛剛起步，還不知有無水土不服之可能。

另外，北京大學留不住數學天才許晨陽教授，亦值得國人深思。

而人文學科之落後，還幾乎沒有聘請國際著名漢學家來我國長期講學之舉。

請再看：澎湃新聞網二○二○年五月二十四日〈熊思東代表：提升中文學術期刊質量和影響度，推進專業化辦刊〉云：「據其介紹，一直以來，我國中文學術期刊起步晚、體量小、存多個方面不足，全球影響力較低。二○一八年度《科學引文索引》共收錄八一個國家和地區的期刊一萬一千八百七十七種，其中美國三○三一種，居第一位，中國大陸二一三種，居第七位，而在『自然指數』引用最高的八十二種期刊中，中國大陸為○。」

還可以參考采詩《親近嚴耕望——歷史地理論文隨筆集》〈讀《治史三書》有感 附：關於辭典〉，白象文化事業有限公司二○二一年十月。

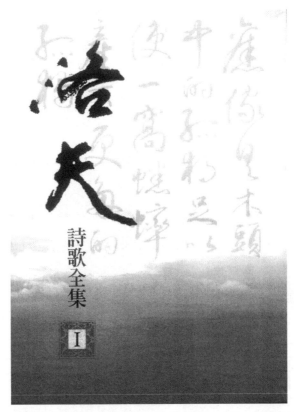

《洛夫詩歌全集》（四卷）第一集封面，普音二〇〇九年全球僅印一千套，愚所藏編號：〇八六七。

· 第七封 ·

周夢蝶〈藍蝴蝶〉

小Wouang 校友好！

　　答應錄周夢蝶詩給你，如次：

　　周夢蝶詩一首。

　　作者簡介：

　　周夢蝶，本名周起述，河南省淅川人，一九二一年二月十日生。父早喪，家貧，仰母十指為活。初中畢業即輟學。當小學教師與圖書管理員各一年。一九四八年隨國軍到臺灣。曾於臺北市武昌街一段七號騎樓下經營小書報攤餬口，凡二十一年。因胃病開刀。曾蟄居新店五峰山下，半日讀書，半日靜坐。有「苦行僧詩人」之稱。著有詩集《孤獨國》、《還魂草》、《十三朵白菊花》、《約會》、《不負如來不負卿》。

　　已離世，馬英九當總統時，曾專門拜訪之。

藍蝴蝶

　　擬童詩：再貽鷥子

　　我是一隻小蝴蝶

　　我不威武，甚至也不絢麗

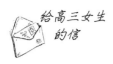

但是，我有翅膀有膽量

我敢於向天下所有的

以平等待我的眼睛說：

我是一隻小蝴蝶！

我是一隻小蝴蝶

世界老時

我最後老

世界小時

我最先小

而當世界沉默的時候

世界睡覺的時候

我不睡覺

為了明天

明天的感動和美

我不睡覺

你問為甚麼我的翅膀是藍色？

啊！我愛天空

我一直嚮往有一天

我能成為天空。

我能成為天空麼？

掃了一眼不禁風的翅膀

我自問。

· 第七封 ·

能！當然——當然你能

只要你想，你就能！

我自答：

本來，天空就是你想出來的

你也是你想出來的

藍也是

飛也是

於是才一轉眼

你已真的成為，成為

你一直嚮往成為的了——

當一陣香風過處

當嚮往愈仰愈長

而明天愈臨愈近

而長到近到不能更長更近時

萬方共一呼：

你的翅膀不見了！

你的翅膀不見了

雖然藍之外還有藍

飛外還有飛

雖然你還是你

一隻小蝴蝶，一隻

不藍於藍甚至不出於藍的

　　　一九八六年八月十四日《藍星》詩刊第九號

思考與練習：

一、怎樣理解「你的翅膀不見了」？

二、你喜愛藍蝴蝶嗎？為什麼？

三、你也是藍蝴蝶嗎？為什麼？

四、查找周夢蝶是哪一年離世的。

五、查找周夢蝶其他詩作。

六、為什麼臺灣著名現代詩人，書法作品都非常優秀？

　　這是我給湖北竹溪縣一學校編輯的課外教材（因吾父原是解放軍五十七師一員，從竹溪縣入陝南，逐一解放平利、洵陽、安康、西鄉、漢中的）之一篇。

　　給你鈔詩，是想給你一些作文素材。你思路清晰，高考作文如能用之，是戰勝別人（亦戰勝自己）的秘密武器。

　　　　　　　　　　　　　　　　校友 李建國

　　　　　　　　　　　　　　　　二〇二〇年十一月十八日

這是朋友去臺灣旅遊時，從臺北誠品書店為我買回的爾雅二〇〇七年四印本。

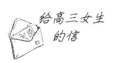

給高三女生的信

亦為從臺北誠品書店購回周夢蝶兩本書之套封。

· 第八封 ·

董橋的essays

小Wouang　校友好！

　　答應介紹香港作家給你：

　　董橋，福建晉江人，一九四二年生。臺灣成功大學外文系畢業。

　　曾在英國倫敦大學亞非學院研究多年，又在倫敦英國廣播電台中文部從事新聞工作。歷任香港《今日世界》叢書部編輯，《明報月刊》總編輯，《讀者文摘》中文版總編輯，香港中文大學出版組主任等職。

　　董氏文筆雄深雅健，兼有英國散文之淵源雋永與明清小品之情趣靈動，為當代中文書寫另闢蹊徑，深為海峽兩岸三地讀者傾心喜愛。

　　董橋與我朋友任世雍教授，是大學同班同學。

　　其收藏骨董亦頗豐。

　　其散文集在大陸已出版幾十部。

老舍買畫還給吳祖光

　　七十年代我在倫敦一度潛心研讀老舍的所有作品。當時胡金

銓在寫老舍傳，每到倫敦總是找我一起到圖書館看資料。許鞍華那時候還在電影學院讀書，也常常跟我們到處跑，幫金銓影印材料。老舍的作品故事有趣，文字又很鄉土，是中國新文學上非常重要的一環。後來我對新文學的興趣漸漸淡了，卻始終對那一輩作家的生平軼事有偏愛，隨處留意，看到必讀。國內出的《收藏》雜誌今年五月份一期有一篇北京陳偉華寫的〈酷愛收藏的老舍先生〉。文章說老舍收藏當代中國名書畫家的作品不少，常常選一些詩句請齊白石作畫，家中所藏白石老人的大小精品三十多幅。老舍還藏摺扇，每天換一把來用，連梅蘭芳在台上演《晴雯撕扇》撕掉了的扇他也撿回去請裱褙師傅黏補珍藏。老舍手頭的文玩珍品，最難得的是兩方硯台，一方是清代戲劇家、文評家李笠翁的遺物，另一方是清代畫家黃易的佳石。

聽說，老舍跟吳祖光先生和夫人新鳳霞是好朋友。一九五七年吳祖光打成右派下放東北勞動，一些親朋友好都不敢到他們家去了。老舍重友情，常常去看新鳳霞。新鳳霞為生活所迫，不得不變賣吳先生珍藏的一些書畫。三年後吳先生返京，有一天，老舍請他們夫婦到家裡來，拿出一張新鳳霞賣出去的齊白石的玉蘭花。那幅畫上題的是「過去董狐刀筆絕，好花含笑欲商量。白石並句」。老舍說：「這張畫是我在書店買來的，發現畫軸簽條上有你的名字，當然應該還給你。」吳先生百感交集，請老舍在畫上寫幾個字作紀念。老舍提筆在畫的綾圈上寫下「還贈祖光，物歸原主矣。老舍」吳先生問老舍花多少錢買這幅畫？老舍說：「不要問這些。對不起你的是我沒能把鳳霞賣掉的畫全部給你買

回來。」我看到這裡非常難過，也非常尊敬老舍，難怪吳先生當時眼眶滋潤了，新鳳霞哽咽了。誰都想不到老舍自己最後還是投湖自盡了。

老舍是中國人，是中國作家，他在倫敦、美國雖然都住過，他的英文不是那麼好實在不要緊。最近坊間出了《老舍英文書信集》，主要收了老舍致美國友人的四十七封信束，由他的孫女舒悅譯出中文，對照刊行。他的兒子舒乙先生在代序裡說，老舍一九四六年到美國，一九四九年才回來，這次哥大圖書館慷慨拿出這些信，正好彌補了老舍生平資料中這三、四年的空白，對研究老舍大有價值。舒乙說了一句「老舍先生英文很好」，古德明寫了幾篇文章指出老舍英文不好的地方。古德明把這本書給了我，我看了覺得很有史料價值，可是老舍自己未必會同意公開發表這些信。他的英文確有不少瑕疵，可是他為人厚道，有情義，是重要的中國作家。如果說他的中文有問題，那就值得關心中國文學的人擔心了。

一九九六年九月四日

思考與練習：

試舉例說明一九一二年以來中國大陸最美的愛情故事數例。

以上還是我給竹溪縣一學校編輯的課外閱讀之一篇。[1]

要多認繁體字。如派你到香港、臺灣、日本、美國、英國，那裡都是繁體字呀。

給高三女生
的信

　　董橋散文，是英國的essays，知性恐大於感性。材料特別好。
這種隨筆看似簡單，但不好寫。

校友李建國

二〇二〇年十一月二十二日

注釋

〔1〕可參考朵詩主編《閱讀與寫作——燦星學校試驗教材》目錄，
　　二〇一八年七月。

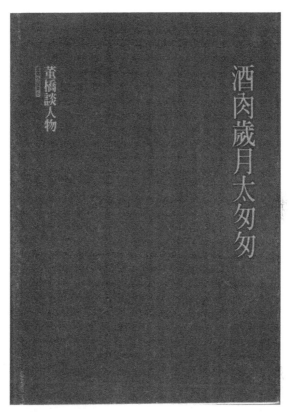

董橋《英華沉浮錄》（全十冊），臺灣遠流六冊版之
一，二〇〇〇年四月。

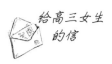
· 第九封 ·

《唐研究》弁言／《常用字解》兩例

小Wouang 校友好！

再給你錄一兩篇文字。

深度閱讀。

《唐研究》弁言／榮新江

唐代是中國歷史上的鼎盛時代。它上承漢魏以來的文化傳統和社會發展趨勢，善於歸納整合前此數百年來的政治制度，又博採外來文化的長處，使唐文化異彩紛呈，錦上添花。

唐代文化昌盛，給我們留下了豐富的典籍。近代以來，地不愛寶，以長安、洛陽為中心的地域，出土了相當數量文物材料和石刻資料，敦煌、吐魯番、和闐、庫車等地發現的大批典籍寫本和原始文書，也主要是屬於唐代的。傳世文獻和出土資料為我們今天研究唐朝歷史文化提供了豐富的素材。

唐代值得我們傾注心力，深入研究。而創辦一個唐研究專刊的想法，得到了熱愛唐文化的美國唐研究基金會理事長羅傑偉先生的支持。在唐研究基金會的資助下，在海內外唐代研究者的積極支持下，在編輯部同仁的共同努力下，《唐研究》第一卷現已

擺在讀者面前。

《唐研究》年代範圍是以唐代為中心，而內容則包含唐代歷史的各個方面。在學術研究分工日細的現狀下，我們希望藉《唐研究》這塊園地，來促進有關唐研究各個學科間的交流。

《唐研究》按國際學術刊物的通例，以論文和書評為主要篇幅，在發表最新研究成果的同時，用書評的形式來評介近年有關唐研究的書刊，以期從學術史的角度總結唐研究的各個方面，並為建立嚴格的學術規範而努力。

一九九五年十一月十五日

弁，biàn，貴族的一種帽子，放在前面。弁言，就是前言。

作者簡介

白川靜（一九一〇至二〇〇六），日本著名漢字學者。畢生立足於漢字學、考古學、民俗學，旁及神話和文學研究。他親自抄錄十萬字甲骨文資料，以三十年筆耕不輟而寫成《字統》、《字通》、《字訓》三書，為其畢生學問之大成。日本漢字研究第一人。堪與羅振玉、王國維、董作賓比肩的文字學大家。

《字統》普及本，就叫《常用字解》。

《常用字解》兩例／〔日本〕白川靜

向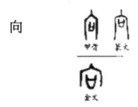

　　會意，「冂」（窗之形）與「口」之組合。「口」為
「𠙵」，置有向神禱告的禱辭的祝咒之器。中國北方的黃土地帶
有很多半地下式的居住，住室只有一個窗戶。經窗戶射入的光線
被看作是神靈的來訪，窗下供放祭神的「𠙵」。因此，「向」原
指迎神祭神之窗。後來，「向」通於「嚮」，有相向、前往之
義；亦通於「曏」，有向者（以前、先前）之義。

好

　　會意，「女」與「子」組合之形。甲骨文中，有女子抱孩子
之形（甲骨1），也有母親懷抱孩子之形（甲骨2），可見「好」
原表示母親關愛幼兒。《詩經・小雅・常棣》有「妻子好合」之
句。母親對孩子心懷愛心，由此引申，「好」義指姿態之姣好，

　　　　　　　　　・第九封・

從而有了親近之義。「好」亦泛指各種狀態良好。此外，由佳物之義引申，「好」還有喜好佳物之義。

　　思考並查找：

一、解釋甲骨文

　　中國古漢字一種書體名稱，中國現存最古老的文字。商代用龜甲、獸骨占卜。占卜後把時間和所占之事等用刀刻在甲骨上，有的還把日後的吉凶應驗刻上。這種記錄稱為卜辭，其文字為甲骨文。甲骨文最早發現于河南安陽小屯村一帶，是商王盤庚遷殷後至紂亡國間的遺物。一八九九年王懿榮認定為商代文字，從事收集。截止目前，出土甲骨約十萬片。文字考釋自一九〇四年孫詒讓著《契文舉例》發端，之後一百多年裡，學者對已出土甲骨包含約四千個字進行考釋，已被確認的字約三分之一。甲骨文基本詞彙、語法和字形結構與後代漢語文字一致，是相當成熟的文字。北京昌平、陝西周原遺址以後也發現西周甲骨文，其字形與商代不盡相同。

二、繁體字、正體字

　　指漢字簡化後被簡化字所替代的原來筆劃較多的漢字。例如「體」是「体」的繁體字。

　　簡化字是二十世紀五十年代中期推行的。之前的，叫繁體字。

三、考古學是什麼意思？

　　根據古代遺物、遺跡和文獻資料研究古代歷史的學科。

四、唐代爲什麼說是中國歷史上的鼎盛時期？

五、羅傑偉是美國人，世界級頂尖的企業家，他爲何要資助中國
　　雜誌的出版？即出資《唐研究》（由北京大學出版社出版）
　　雜誌的出版？

六、查找榮新江。

　　這些文章一定要看、要思考。

校友李建國

二〇二〇年十一月二十三日大雪天

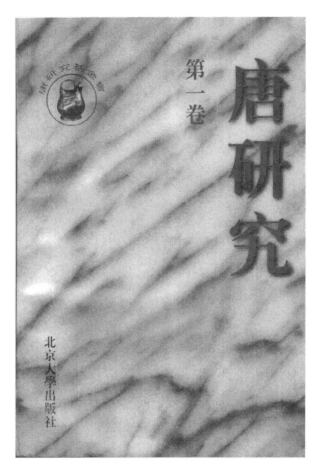

《唐研究》創刊號，北京大學出版社一九九五年十二月，大十六開。

·第十封·

人與禽獸何以不同

小Wouang校友好！

看到你QQ新空間所想到的：

學讀唐詩，自己肯定要在唐詩之下；學讀宋元明清詩，自己
則在之下者之下。

學讀三四流之作品，自己難以成為人才；如不讀書，孟子與
聖賢說，幾乎和禽獸一樣。[1]

讀古代第一流作品，我們發奮努力，可能會成為第二流人才
——從歷史長河縱深處着眼的話。即使這第二流人才也是非常了
不起的，如吳宓（錢鍾書老師）、楊絳（錢鍾書太太）、楊憲益
（其太太戴乃迭，他倆把《紅樓夢》全文譯成英文）、李治華
（他與太太雅歌把《紅樓夢》全文譯為法文）、巴金、余光中、
董橋、琦君、許達然、林清玄等。[2]

人與禽獸不同之一，人類有歷史，禽獸沒有歷史。吃喝作愛
繁衍，那都不叫歷史。

所謂歷史，是人類獨有的，就是文化史、文明史。

人要立大志，着眼長遠，才能成才。但起點一定要高。

故愚多鼓勵你看第一流作品。對其他一般作品莫要浪費時
間。當然，應付高考作文等，是技術層面的，亦可以低就。

孔子說，教你一隅，你能舉例三隅，即不錯。[3]

吾國當代散文寫得好的，有余光中、董橋、琦君、林清玄等。我會錄其文再給你，幫你應付高考作文。但又怕你累；慢慢來吧。

惟語文與寫作，非一朝一夕可立馬見效也。

洛夫詩好，散文一般，其散文惟有研究他生平的價值。

余光中散文好，詩卻一般。

北島詩與散文都還不錯。

世界就是這樣奇怪。

校友 李建國

二〇二〇年十一月二十四日

注釋

〔1〕《孟子·滕文公上》：「飽食、暖衣、逸居而無教，則近於禽獸。」《二曲集·南行述》「孟子謂『逸居而無教，則近於禽獸』，余亦謂逸居而不學，則近於禽獸。」

〔2〕我自己私下認為，他們是吾國歷史上第二等人才，是與孔丘、孟軻、莊周、司馬遷、班固、董仲舒、玄奘、慧能、李白、杜甫、白居易、蘇軾、程顥、程頤、陸九淵、朱熹、司馬光、王守仁、王夫之、黃宗羲、段玉裁、曹雪芹、王國維、胡適、陳寅恪、沈從文、張愛玲、錢穆、牟宗三、南懷瑾、饒宗頤、嚴耕望、夏志清、洛夫、周夢蝶、余英時、高行健、莫言，這第一等人才相比較的。

然則，吳宓大量日記之文學與史學價值，很有可能在第一等與第二等人才之間。

給高三女生的信

楊憲益除了大量經典翻譯外，還有一些中西交通史隨筆、論文，直接能與世界漢學家對話，還有英文自傳，很可能亦在第一等與第二等人才之間。

另，原信因列舉楊絳時而錯把錢鍾書亦列在第二等人才中，乃糾正之。

因愚不懂書法、音樂與繪畫，而莫能言之。

〔3〕《論語·述而篇第七》：子曰：「不憤不啓，不悱不發。舉一隅不以三隅反，則不復也。」

憤，心求通而未得。啓，謂開其意。

悱，口欲言而未能。發，謂開發之。

物方者四隅，舉一隅示之，當思類推其三。反，還以相證意。

上章〈雍也〉言孔子誨人不倦，編者以本章承其後，欲學者自勉於受教之地。雖有時雨，大者大生，小者小生，然不沃不毛之地則不生，非聖人之不輕施教。

白話試譯：

先生說：「不心憤求通，我不啓示他。不口悱難達，我不開導他。舉示以一隅，不把其餘三隅自反自證，我不會再教他。」

（參見錢穆《論語新解》）

· 第十一封 ·

未必非要到尖子班

小Wouang 校友好！

我感覺全班都在提高，你肯定感覺不出你的進步，惟旁觀者清。我覺得，你在進步。

堅持就是進步。

你能認識我、結識我這個校友，咱倆相互交流，就是你的一種釋放，也是一種進步。因為我不是你的競爭對手，只要咱倆真誠相待，說真心話，可以從對方受益或得到一些教訓一些啟發，也是人生的大進步。

另外，你分析沒到尖子班反倒是好事，甚對。到那兒壓力大，反而不好。

你現在所在班級自己滿意，這就最好。

只是你太疲勞每天睡覺不足，讓人特別是家長，感覺心疼。週末或有時間，一定多睡覺。

還需要什麼或沒時間買的，望告知我，好為你下單。

維持現狀，就是勝利。

不要多想哪一次沒考好或分數不是很理想。[1]

只要沒大的起伏，就是好！

校友**李建國**

二〇二〇年十一月二十六日中午

注釋

〔1〕該女生雖也談到學校考試成績不是考得甚好，恐已有二三次，
　　但皆未說明具體分數：此乃敏感話題，愚亦不便問，總是鼓勵
　　之。

· 第十二封 ·

任何事情都不是絕對的／大考是每個人都要經歷的，誰也不能跨過這一公平的決戰

小Wouang 校友好！

任何事情都不是絕對的。[1]

西安某高中有一女生全班第一，由某外語學院小語種提前（預）錄取，就大談戀愛，跟着男人跑了，什麼也放棄了。沒參加大考，一塌糊塗。

也有被部隊先確定（預錄取）的，後來大考分數好，就不能高就，比方說不能上北大、清華，不能更多選擇。

部隊當然好，但有諸多限制，你還小，不知。[2]

所以大考是每個人都要經歷的，誰也不能跨過這一公平的決戰。一定沉住氣，最後一搏。

即使再到國外上學，國外好大學仍要看你高考成績是多少——前些年要給你一張小紙條，非常重要，一定保存好。[3]

我說能幫你到日本讀書，只是提供人力資源關係；最終還要你能考上，才行。當然這樣少走彎路。

一定讓朋友到機場接你。溫暖吧？

當然我新加坡、英國都有親戚，只能接應你，提供正確資訊。考還要靠你。如此而已。

給高三女生
的信

你母親捨得你嗎？

疫情這樣差，本科還是大陸好。

最後幾個月，我陪你聊天，放鬆。有什麼問題咱們探討。

明年開春，西安外國語大學還有一撥提前錄取的。[4] 不知安康中學有此名額否？

校友李建國

二〇二〇年十一月二十六日晚上

注釋

〔1〕是指她班上藝術生有提前傾斜錄取之約定後，其心緒為之波動。

〔2〕主要怕其身體指標難達標，委婉勸之。

〔3〕二〇二一年六月二十五日十二點之後放榜，陝西省招生辦亦發給該女生一電子小紙條：各科成績；總分；全省名次。

〔4〕此是指小語種提前錄取者：我二〇〇〇年前後在該校帶課時得知。

·第十三封·

想發財即倒楣

小Wouang 校友好！

　　剛才回家吃午飯，又給你寄了個銅質暖水壺，舊的，望不要嫌棄。

　　我感覺放腳底下或捧手中，皆好。

　　此「吉＊」牌暖水壺，買時有點故事，就是從安康新城城門洞下坡坡處一擺地攤古玩商手上買的。當時一眼就看上了：舊貨，包漿不錯，不會是假貨。估計恐為民國舊物，一九一二至一九四九年間的。平時我下決心買古玩都要再在網上查查，然後出手，可是當著老闆面不宜無禮，因要價也不高，就拿下。

　　可是回家仔細一查，此廠家仍在生產著，淘寶網上就有賣的，應當是這十來年或時間略長點的新商品。我出的價與新價差不多，甚至還高點。真是慚愧。

　　這大概是二〇一八年底或二〇一九年初的事。

　　想玩古董，不能有貪念，更不能靠此發財。此次，即我之教訓也。

　　由於愚收藏古書、舊書之故，憑藉古書讀得多，過去還偶爾出手收藏點古董。然則古玩市場99%皆為假貨，即戰戰兢兢；今年下半年已不敢造次也。

眼前充滿朝氣而優秀的青春少年，可能更需要幫助與關愛吧？

不過，此舊物當時其銅質比現在的要好，是可以看出或比對出來的。

此物居然從安康背回西安又快遞回安康，畫了個圓，真有意思。冥冥之中，老天爺給我上了一堂課。

不知你喜歡否？

阿門！

明天快遞抵達，注意查收。

校友李建國

二〇二〇年十二月二日中午

·第十四封·

琦君〈髻〉

小Wouang 校友好！

深度閱讀。

作者簡介：

琦君，原名潘希真，一九一七年生。浙江永嘉人。杭州之江大學中文系畢業。一九四九年去臺灣。曾任職司法界及文化大學、中央大學中文系教授。退休後，晚年居住美國，已去世。她以散文創作飲譽文壇，榮獲文協散文獎、中山文藝獎等。著有散文、小說和兒童文學等三十餘種，已譯為英、韓、日文出版。

琦君的作品受到七至七十歲讀者的廣泛歡迎，她的書一版再版，甚至五十七版次的重印記錄，開創臺灣出版界出版散文作品的奇蹟。

髻

母親年輕的時候，一把青絲梳一條又粗又長的辮子，白天盤成了一個螺絲似的尖髻兒，高高地翹起在後腦，晚上就放下來掛在背後。我睡覺時挨着母親的肩膀，手指頭繞着她的長髮梢玩兒，雙妹牌生髮油的香氣混合著油垢味直熏我的鼻子，有點兒難

聞，卻有一份母親陪伴著我的安全感，我就呼呼地睡著了。

　　每年的七月初七，母親才痛痛快快地洗一次頭。鄉下人的規矩，平常日子可不能洗頭。如洗了頭，髒水流到陰間，閻王要把它儲存起來，等你死以後去喝。只有七月初七洗的頭，髒水才流向東海去。所以一到七月七，家家戶戶的女人都要有一大半天披頭散髮。有的女人披著頭髮美得跟葡萄仙子一樣，有的卻像醜八怪。比如我的五叔婆吧，她既矮小又乾癟，頭髮掉了一大半，卻用墨炭劃出一個四四方方的額角，又把樹皮似的頭頂全抹黑了。洗過頭以後，墨炭全沒有了，亮著半個光禿禿的頭頂，只剩後腦勺一小撮頭髮，飄在背上，在廚房裡搖來晃去幫我母親做飯，我連看都不敢沖她看一眼。可是母親烏油油的柔髮卻像一匹緞子似的垂在肩頭，微風吹來，一絡絡的短髮不時拂著她白嫩的面頰。她眯起眼睛，用手背攏一下，一會兒又飄過來了。她是近視眼，眯縫眼兒的時候格外的俏麗。我心裡在想，如果爸爸在家，看見媽媽這一頭烏亮的好髮，一定會上街買一對亮晶晶的水鑽髮夾給她，要她戴上。媽媽一定是戴上了一會兒就不好意思地摘下來。那麼這一對水鑽夾子，不久就會變成我扮新娘的「頭面」了。

　　父親不久回來了，沒有買水鑽髮夾，卻帶回一位姨娘。她的皮膚好細好白，一頭如雲的柔髮比母親的還要烏，還要亮。兩鬢像蟬翼似的遮住一半耳朵，梳向後面，綰一個大大的橫愛司髻，像一隻大蝙蝠撲蓋著她後半個頭。她送母親一對翡翠耳環。母親只把它收在抽屜裡從來不戴，也不讓我玩，我想大概是她捨不得戴吧。

我們全家搬到杭州以後，母親不必忙廚房，而且許多時候，父親要她出來招呼客人，她那尖尖的螺絲髻兒實在不像樣，所以父親一定要她改梳一個式樣。母親就請她的朋友張伯母給她梳了個鮑魚頭。在當時，鮑魚頭是老太太梳的，母親才過三十歲，卻要打扮成老太太，姨娘看了只是抿嘴兒笑，父親就直皺眉頭。我悄悄地問她：「媽，你為什麼不也梳個橫愛司髻，戴上姨娘送你的翡翠耳環呢？」母親沉著臉說：「你媽是鄉下人，哪兒配梳那種摩登的頭，戴那講究的耳環呢？」

　　姨娘洗頭從不揀七月初七。一個月裡都洗好多次頭，洗完後，一個小丫頭在旁邊用一把粉紅色大羽毛扇輕輕地扇著，輕柔的髮絲飄散開來，飄得人起一股軟綿綿的感覺。父親坐在紫檀木榻床上，端著水煙筒卜卜地抽著，不時偏過頭來看她，眼神裡全是笑。姨娘抹上三花牌髮油，香風四溢，然後坐正身子，對著鏡子盤上一個油光閃亮的愛司髻，我站在邊上都看呆了。姨娘遞給我一瓶三花牌髮油，叫我拿給母親，母親卻把它高高擱在櫥背上，說：「這種新式的頭油，我聞了就泛胃。」

　　母親不能常常麻煩張伯母，自己梳出來的鮑魚頭緊繃繃的，跟原先的螺絲髻相差有限，別說父親，連我看了都不順眼。那時姨娘已請了個包梳頭劉嫂。劉嫂頭上插一根大紅籤子，一雙大腳丫子，托著個又矮又胖的身體，走起路來氣喘呼呼的。她每天早上十點鐘來，給姨娘梳各式各樣的頭，什麼鳳凰髻、羽扇髻、同心髻、燕尾髻，常常換樣子，襯托著姨娘細潔的肌膚，嫋嫋婷婷的水蛇腰兒，越發引得父親笑眯了眼。劉嫂勸母親說：「大太

太，你也梳個時髦點的式樣嘛。」母親搖搖頭說，響也不響，她噘起厚嘴唇走了。母親不久也由張伯母介紹了一個包梳頭陳嫂。她年紀比劉嫂大，一張黃黃的大扁臉，嘴裡兩顆閃亮的金牙老露在外面，一看就是個愛說話的女人。她一邊梳一邊嘰哩呱啦地從趙老太爺的大少奶奶，說到李參謀長的三姨太，母親像個悶葫蘆似的一句也不搭腔，我卻聽得津津有味。有時劉嫂與陳嫂一起來了，母親和姨娘就在廊前背對著背同時梳頭。只聽姨娘和劉嫂有說有笑，這邊母親只是閉目養神。陳嫂越梳越沒勁兒，不久就辭工不來了。我還清清楚楚地聽見她對劉嫂說：「這麼老古董的鄉下太太，梳什麼包梳頭呢？」我都氣哭了，可是不敢告訴母親。

從那以後，我就墊著矮凳替母親梳頭，梳那最簡單的鮑魚頭。我踮起腳尖，從鏡子裡望著母親。她的臉容已不像在鄉下廚房裡忙來忙去時那麼豐潤亮麗了，她的眼睛停在鏡子裡，望著自己出神，不再是眯縫眼兒的笑了。我手中捏著母親的頭髮，一綹綹地梳理，可是我已懂得，一把小小黃楊木梳，再也理不清母親心中的愁緒。因為在走廊的那一邊，不時飄來父親和姨娘琅琅的笑語聲。

我長大出外讀書以後，寒暑假回家，偶然給母親梳頭，頭髮捏在手心，總覺得愈來愈少。想起幼年時，每年七月初七看母親烏亮的柔髮飄在兩肩，她臉上快樂的神情，心裡不禁一陣陣酸楚。母親見我回來，愁苦的臉上卻不時展開笑容。無論如何，母女相依的時光總是最最幸福的。

在上海求學時，母親來信說她患了風濕病，手膀抬不起來，

連最簡單的螺絲髻兒都盤不成樣，只好把稀稀疏疏的幾根短髮剪去了。我捧著信，坐在寄宿舍視窗淒淡的月光裡，寂寞地掉著眼淚。深秋的夜風吹來，我有點冷，披上母親為我織的軟軟的毛衣，渾身又暖和起來。可是母親老了，我卻不能隨侍在她身邊，她剪去了稀梳的短髮，又何嘗剪去滿懷的悲緒呢！

不久，姨娘因事來上海，帶來母親的照片。三年不見，母親已白髮如銀，我呆呆地凝視著照片，滿腔心事，卻無法向眼前的姨娘傾訴。她似乎很體諒我思母之情，絮絮叨叨地和我談著母親的近況。說母親心臟不太好，又有風濕病，所以體力已不大如前。我低頭默默地聽著，想想她就是使我母親一生鬱鬱不樂的人，可是我已經一點都不恨她了。因為自從父親去世以後，母親和姨娘反而成了患難相依的伴侶，母親早已不恨她了。我再仔細看看她，她穿著灰布棉袍，鬢邊戴著一朵白花，頸後垂著的再不是當年多彩多姿的鳳凰髻或同心髻，而是一條簡簡單單的香蕉卷。她臉上脂粉不施，顯得十分哀戚。我對她不禁起了無限憐憫。因為她不像我母親是個自甘淡泊的女性，她隨著父親享受了近二十年的富貴榮華，一朝失去了依傍，她的空虛落寞之感，將更甚於我母親吧。

來臺灣以後，姨娘已成了我唯一的親人，我們住在一起有好幾年。在日式房屋的長廊裡，我看她坐在玻璃窗邊梳頭。她不時用拳頭捶著肩膀說：「手酸得很，真是老了。」老了，她也老了。當年如雲的青絲，如今也漸漸落去，只剩了一小把，且已夾有絲絲白髮。想起在杭州時，她和母親背對著背梳頭，彼此不交

一語的仇視日子，轉眼都成過去。人世間，什麼是愛，什麼是恨呢？母親已去世多年，垂垂老去的姨娘，亦終歸走向同一個渺茫不可知的方向，她現在的光陰，比誰都寂寞啊！

我怔怔地望著她，想起她美麗的橫愛司髻，我說：「讓我來替你梳個新的式樣吧。」她愀然一笑說：「我還要那樣時髦幹什麼，那是你們年輕人的事了。」

我能長久年輕嗎？她說這話，一轉眼又是十多年了，我也早已不年輕了。對於人世的愛、憎、貪、癡，已木然無動於衷。母親去我日遠，姨娘的骨灰也已寄存在寂寞的寺院中。這個世界，究竟有什麼是永久的，又有什麼是值得認真的呢？

選自《紅紗燈》

作業

一、解釋：髻。（在頭頂或腦後盤成的各種形狀的髮髻。）

二、姨娘在家中是什麼身分？

三、母親為何不恨姨娘了呢？

四、我為什麼能與姨娘相依為命？

五、為什麼說人性是複雜的？

可惜，我有一本專談吾國婦女髮髻的書，不在了。上面專門介紹古代至民國年間的各種婦女髮髻。[1]

第一次讀，望一定仔細讀兩遍為好

此文選題角度與切入點，甚好。能以小見大。

　　　　　　　　· 第十四封 ·

校友 **李建國**

二〇二〇年十二月二日

注釋

〔1〕汪維玲、王定群《中國古代婦女化妝》，陝西人民出版社一九
　　九一年版。內中專門介紹古代婦女髮式，特別有民國年間流行
　　髮式。若能配圖說明之，乃更好。

爾雅一九八〇年十一月二十日初版，恐為琦君研究著作第
一本，為采詩所藏。

·第十五封·

放棄才能前行／為何沒有可能當影視導演

小Wouang 校友好！

十一月二十八日晚上通電話後，你述說其中一個夢想，即將來想當導演，我持否定態度。主要理由如下：

從家庭背景與資金投入方面講，咱們不具備條件。

我能幫你，但非常有限。

我感覺優秀導演要熟讀古今中外名著，這個你能做到。當然還要熟讀世界電影與毛片史，你努力也能做到。

然則優秀導演須有世界頂尖級別的眼光，恐你不易做到。

就是要熟悉世界各地大城市的街景、海灘、摩天大廈、超級機場及其著名山川、森林、戈壁荒漠。要能去巴黎、羅馬、紐約、倫敦、澳洲、魁北克、紐西蘭、冰島、日本、非洲數百遍，就像你從安康新城到恒口那樣頻繁如毛毛雨一樣，才能瞭若指掌，可能才具備鷹一樣的眼睛。在芸芸眾生中在複雜多元大千世界中發現美與醜、善與惡、真與假。除非有大財團資助你，才能讓你到世界各地飛來飛去。惟有飛膩了能靜下心來思考做事，才可能有昇華與開機之日。

除開北京新建的大興機場外，你才知道，我國那麼漂亮的浦東機場、成都機場、深圳機場等等，連世界前十七名都難以入

圍。德國法蘭克福機場、日本東京機場，都太漂亮了。吾國乃難以企及啊。

除此之外，在服裝美學上要熟悉各民族服裝史。要穿過奢侈高檔服裝上千上百套，你才有感性與理性的可能提升，並比較之，而為每個演員選擇之。

世界頂尖級別的貴族有能力，恐無此心怕受苦受累。你有此心乃無此力也。

你在電話那頭基本同意，甚對。

人一定要學會放棄，才可能沿著既定之路前行。

我怕一些想過的事忘了，先寫下來與君分享。

李建國

二〇二〇年十二月二日夜

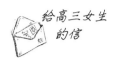

·第十六封·

采詩〈空蕩蕩的漢江〉

小Wouang 校友好！

　閱讀並回答問題。

空蕩蕩的漢江

　空蕩蕩的漢江依然美麗。

　兩岸的油茶花笑得很精神，還有那麼多野桃花也開得很風雅。春風剛剛露出歡顏，就被善於自我表現的蜂蜜吻了一下。吻過之後又是何等景致？惟有江水珍藏著兩岸的風采，渲染著兩岸的風姿。

　江水依然流呀流，岸上的人們依然行呀行。我卻覺得漢江很可憐：幾乎很久很久沒有一隻船從江上駛過，豈不可惜了一江春水！

　難道江水不深，載不起戀人的深情？難道江水不清，沁不濕詩人吟誦的月光？難道鵝卵石不精緻，填不進棋手對弈的方城？難道江風不溫柔，吹不走黃昏後春意闌珊的憂愁？

　然而，我並未徹悟：惟有空蕩而美麗，不沾惹人的韻味，才獨具大自然的馨香。

我苦口婆心地用高價買通一隻小船的一段水路。這船早已萎縮於江邊，任我縱它駛入江中之後，我正是王維〈漢江臨泛〉中的「波瀾」：

　　「江流天地外，山色有無中。郡邑浮前浦，波瀾動遠空。」

　　一路江風，可曾把昨日的夢魘沖散？一江碧水，可曾把朦朧的焦慮蕩盡？一路花香，可曾開放在被春光遺忘的心扉？在搖櫓的興奮之餘，在獨立船頭的傲然之時，我沒有任何疑問可以向大自然發問，漢江也沒有任何過錯，可以由我去指責，我全然地交給了一江春水。只有這樣全身心地投入，偏執的小我才能被除去，而臻至於與天地精神往來的境界中去。

　　可是，傾囊買下的一段水路已到終點，人生時時面對的嚴肅主題：我們的岸。

　　此刻，如果我能永不上岸，長久地沉浸於與天地精神的往來之中，將會怎樣？

　　鍾情有時終歸鍾情。

　　岸，那是必須要上去的。並非我們不理解江水的古意斑駁、天地的浩浩之氣；並非我們不知曉，長江最鍾愛的女兒——漢江，終究要投入母親的懷抱；只是因為我們常常自命為：人乃是大自然的上帝。

　　成了上帝，無論在畫中還是在畫外，我們都是即興的一瞬。永恆的力量卻屬於漢江的神韻：無論有人無人有船無船有橋無橋進入她的風景裡，她依然美麗，而空蕩蕩的時候更美麗。

　　　　　　　　　　　　原刊《散文》一九八八年八月

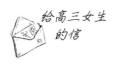
先別看答案

一、結合文章內容，理解下面加詞語的含義。（4分）

⑴兩岸的油菜花笑得很精神

精神：充滿生機活力，生氣勃勃。

⑵如果我能永不上岸

岸：即指江岸，又指現實生活。

二、請體會文章第四小節表達效果？（3分）

運用排比反問修辭手法，引發讀者思考，表現了漢江因為不沾惹人的韻味，才獨具大自然的馨香，才顯得空蕩而美麗。

三、文中第六段中引用王維〈漢江臨泛〉，你能說說引用這首詩的好處嗎？（3分）

引用王維詩歌，一方面增加了文章的文采，另一方面，則表明我已經化作「波瀾」，與漢江融為一體了，「全然地交給了一江春水」，物我兩忘。

四、結合全文，談談你對「空蕩蕩」的理解。（4分）

一方面指漢江遊人少，不沾惹人的韻味顯得自然而馨香；另一方面又指人要拋開世俗的名利、焦慮、偏執，活得簡單而美麗。

五、文中說「我們常常自命為：人乃是大自然的上帝。」人真的是大自然的上帝嗎？結合現實生活，說說人類應該怎樣與大自然相處。（4分）

人並非大自然的上帝，現實生活中很多的自然災害，如：地震、洪水、颱風等，常常讓人類無所適從，我們應該愛護大自然，與大自然和諧相處。[1]

望多思考之。

校友 建國
二〇二〇年十二月二十日

注釋

〔1〕這個試題，可能最早是江蘇省某中學某次重點考題。作者我自己當初寫作時並無這些考慮，也曾試著做題卻未能全對。

·第十七封·

筆記本電腦

小Wouang 校友好！

昨天電話所說支助你倆每人一部筆記本電腦事，可能表達不清。以此文字為準：

現在電腦更新換代太快了，故無論你們過去有無，到明年八月，皆送每人一部中高檔聯想筆記本電腦。挑選一款品質優而好一點的顏色。此也完全夠你們六七年用的。

因大學作業，老師都要求電腦完成。

聯想集團二〇〇五年兼併美國IBM以後，已是全球電腦銷售第一。另外，大學老師佈置作業所用系統，是windows，惟聯想相容，而蘋果不相容，故無法操作。

另外，上門安裝筆記本電腦手續費是一〇九元，也由我們出。

因此，你們直接把各自系統需要配置那些軟體，提前告訴我，統一由我們買上新的，裝好後再寄給你們。一般是word、殺毒軟體等等。

請一定早通知Phyllis校友，她是繪畫專業，還須裝哪些軟體，早早溝通，我會請售後一次儘量按照她的要求，搞定。保證記憶體16G。[1]

我五年前買的聯想筆記本電腦，記憶體恐只有1G，現在處理文字編書，也夠用了；而我編輯照片並不多。

但給你們買的，要考慮大學四年甚至碩士研究生也夠用才行。屆時，快遞給你們或專程送達。

聯想筆記本電腦一年內小問題，都給你們售後服務的專人電話，你們隨時可與之聯繫。

因我的一位發小（他是原安康城內永紅中學畢業的），退休前有人力資源，與聯想關係甚好，我退休後一直用之，感覺甚好。

請把此信也讓Phyllis一閱。

是校友，就是緣分。另外，Phyllis是平利、安康的才女與驕傲；數十年，此土地也未必能產生一位。我特別欣賞她。有機會也想與她交流徐悲鴻、蔣碧薇、吳冠中的故事。另外，西安畫壇也有一些畫家略有饋贈，我與石魯關門弟子張遲（石魯曾為其畫集題字）略有來往。

長安畫派人物故事也略知一二。我的一位特別要好的老師，是目前山東省十大書法家之首，中國書法家協會資深會員，已九十歲了。前段時間還有書品賜愚，他叫杜顯震，也畫點國畫。

Phyllis日後想去日本發展，愚皆能請朋友關照之。特別是眼下去日本參觀畫展的簽證，因今年情況特殊，比較難。一般申請人要有發達國家出入境數次記錄，雖然近年國人去日本旅遊已不需要自己收入或家庭收入銀行證明，但對於中學生，還是有諸多限制的，因為你未考上名牌大學前無法證明自己的身分與自己畫作

知名度，故需要父母收入證明與其父母出國獲得簽證的多寡。惟上大學後方便些——在校生本身可以由大學出法律檔。錄取通知書也是非常有效的法律證明———一定要留有影印本與照片。

如果以後Phyllis想去日本的話，申請簽證的啟動，得要早早開始，如需要日本名牌大學邀請函，可以告訴愚，我請日本朋友幫忙。但是你自己要多有進出國境的記錄（今年特殊是不擬進出的），如香港、臺灣、韓國、美國、歐洲、澳大利亞、以色列等，獲得簽證的機率才大。如果一次都沒獲得，一定要慎重申請之，得到第一次no，想再獲得簽證，即難！如簽證早早獲得，早早訂往返日本機票，是很便宜的（三四千就搞定甚至更低）。我兒子前些年去日本，就像去上海一樣，價錢超便宜，去過數次；另外他有美國、德國、新加坡、香港、馬來西亞許多因私進出記錄，還有歐洲、美國商務簽證，同時也能出示訂好日本旅館的票據記錄，獲得日本簽證才很容易。

畫畫此行，我喜歡油畫並國畫，家裡藏的好畫冊也有一點。但要想成為名畫家，路特別漫長，一般大學畢業一二十年後，皆沒戲。須好生發狠努力之，要耐得住寂寞不要想著自己的作品可以馬上賣大錢，也不能急著掙錢（吳冠中七十年代末，只賣自己的畫給兩個國內機構，只收很少點錢，萬元，而機構賣出價是十萬元，香港拍賣行的當時行情是上百萬港幣；吳冠中仍潛心畫畫不為錢所動。終究，其畫作拍賣記錄過億元，但他晚年把許多畫分兩大批，捐贈給了上海與新加坡）。除了天賦外，刻苦持久努力，是不二法門。深圳大畫家王子武、西安美院教授陳忠志的

畫，我也喜歡。

　　你說替閨蜜Phyllis接受我們知識青年的支助，望確認，並請她答應，我好早早預訂之。這樣明年的筆記本電腦的記憶體等品質，會更優秀。

　　有假期，望早點通知我，好專程來安康拜見之。

　　是校友，我們永遠是平等的，我會尊重你們的。學習上需要我之幫忙，我會盡力為之。

校友 李建國

二〇二〇年十二月二十日

注釋

〔1〕由於該女同學家庭條件甚好，很難短時間與其家長溝通之，而放棄。

· 第十八封 ·

褒斜道

小Wouang 校友好！

昨天你說的怪詩中所謂「褒斜道」，就是從寶雞到漢中（或反之）翻越秦嶺的一條古道。是古代關中入漢中入蜀的重要線路。

長安正南翻越秦嶺的另一條古道是：子午道。

劉邦從關中被項羽封為漢王，就是走的「蝕中」，也就是子午道。這在《史記》、《漢書》中都有記載。[1]

錢鍾書用《辭源》該錯誤詞條，把子午道南口到哪兒，弄錯了（注釋蘇軾詩時）。子午道南口，就在石泉、西鄉、洋縣三縣交匯處，並沒有跑到四川！還隔著秦嶺南坡與巴山北坡約一二千里！[2]

我好像給你提過此事。

古地理，幾乎成了絕學。

主要是地名改名太頻繁，人們懵了，如今漢陰縣，古代很長時間叫「安康縣」。今安康縣，古代很長時間叫：「西城」；還叫過「金川」、「金州」，因產金而名。[3]

校友**李建國**

二〇二〇年十二月二十一日

注釋

〔1〕采詩《親近嚴耕望：歷史地理論文隨筆集》〈《史記》與「子午谷」——「蝕」即「子午谷」〉，白象文化事業有限公司二〇二一年十月。

〔2〕采詩《親近嚴耕望：歷史地理論文隨筆集》〈錢鍾書注釋宋詩的一處小錯誤〉，白象文化事業有限公司二〇二一年十月。

〔3〕西城又叫金川、金州，皆因漢江產沙金而名。

· 第十九封 ·

《紅樓夢》與版本

小Wouang 校友好！

這個週末，你們放假有時間的話，望早點通知我，給你帶了一套《紅樓夢》上下兩冊本，人民文學出版社簡體字本；版本甚好，送你，並願你以後好好研讀之。[1]

讀書，特別重要的是，條件允許的話，一定要用最好版本。

因以前有段時間，有機會要研究《紅樓夢》，書房備了好幾種版本。楊憲益與戴乃迭英文全譯本也有，[2]可惜沒有英文最好而最流暢的版本，即霍克思與其女婿的全譯本。——白先勇、陳毓賢（女士，菲律賓華裔學者）等海外學者，一般都用霍克思譯本，其譯文非常優美。[3]

我自己平時要翻看的，是北京師範大學啟功注釋本，繁體字的。[4]

另給Phyllis也帶了兩本書，作為見面禮。這兩本封面設計與繪畫恐較講究。[5]

此次主要陪朋友到平利、湖北竹溪走一趟，返程可能在安康玩一兩天。

祝

一切安好！

校友**李建國**

二〇二〇年十二月平安夜晨

注釋

〔1〕與其週末午飯時當面交給她。《紅樓夢》（上下），中國藝術研究院紅樓夢研究所校注，人民文學出版社二〇一二年七月版。此平裝簡體字三十二開本，價五九‧七元，也是最好找亦最便宜的好版本。

〔2〕《A Dream of Red Mansions》（1-6卷，漢英對照），Translated by Yany Xianyi and Gladys Yany。外文出版社、湖南人民出版社二〇〇九年版，大十六開精裝本，價四二〇元。

此譯本較忠實原作，乃再次印刷本。然最早原譯本，是楊憲益與戴乃迭夫婦於一九七八至一九八〇出版的三冊全譯本。據說，他們倆二十世紀六十年代就開始翻譯之，因文革而中斷。一九七七年霍克思《紅樓夢》譯本第二冊出版後，楊氏夫婦才推出其第一冊，之後兩年間竟捷足先登把其餘兩冊出完。其最早版本可能是「熊貓」版。

〔3〕霍克思（David Hawkes）與他學生及後來女婿閔福德（John Minford）是英文譯本重要翻譯者。其《紅樓夢》全譯本書名為：《The Story of Stone》（石頭記），是從一九七三年到一九八六年十三年間乃分五冊出版：一至三冊由霍克思譯，即前八十回；高鶚所續為後兩冊，由閔福德譯，這是深思熟慮的安排。其譯本文筆非常生動，且為英語世界讀《紅樓夢》最重要讀本。

（可參見 黨爭勝《紅樓夢英譯藝術比較研究——基於霍克思和楊憲益譯本》，北京大學出版社二〇一二年三月；陳毓賢〈略談幾種英譯《紅樓夢》〉，澎湃新聞‧上海書評二〇二一年六月三十日）

〔4〕《紅樓夢》（1-4 卷），北京師範大學出版社一九八七年十一月版，啓功作序，張俊、聶石樵注釋，龔書鐸、武靜寰、周紀彬、聶石樵校勘。精裝豎排三十二開本，價三五元。

〔5〕此議後來取消。除開客觀原因外，主要是自己精力不濟。

補註：《紅樓夢》研究基本版本與愚所用工具書：

一、關於《紅樓夢》法文全譯本。

　　《Le Rêve dans le pavillon rouge》（紅樓夢），是由李治華與雅歌（Jacqueline Alézaïs）夫婦於一九八一年十一月推出的，也是惟一法文全譯本，由葛利馬（Gallimard）出版社出版，編入「七星文庫」。譯者從一九五四年冬至一九八一年八月用了二十七年功夫，才譯完。（參見李治華《里昂譯事》，商務印書館二○○五年十二月）

二、蘇聯列寧格勒藏鈔本《石頭記》（全六冊），中國藝術研究院紅樓夢研究所、蘇聯科學院東方學研究所列寧格勒分所編定，中華書局一九八六年四月版，豎排影印精裝三十二開本，價四八○元。

三、馮其庸《瓜飯樓重校評批紅樓夢》（上中下），遼寧人民出版社二○○五年十一月版，尺寸 168mm×246mm，豎排套紅插圖精裝本，價三二六元。

四、《百二十回紅樓夢人名索引 附脂批庚辰本批語人名索引》，〔香港〕何錦階、邢頌恩編，中國友誼出版公司一九八七年八月版，小三十二開平裝本，價一.三元。

LIBRARY OF CHINESE CLASSICS
CHINESE-ENGLISH

大中华文库

汉英对照

红 楼 梦

A DREAM OF RED MANSIONS

I

楊憲益與戴乃迭英譯《紅樓夢》第一冊封面，為采詩所藏。

給高三女生
的信

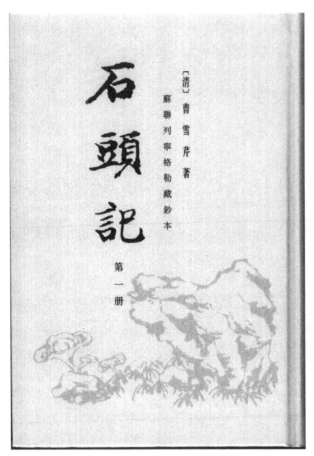

〔清〕曹雪芹 著

蘇聯列寧格勒藏鈔本

石頭記

第一冊

列寧格勒藏抄本第一冊，亦為采詩所藏。

· 第十九封 ·

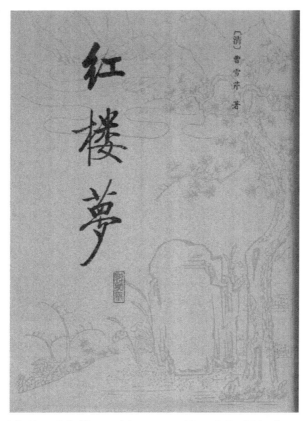

北京師範大學版第一冊封面，乃平常采詩翻看所用版本。

馮其庸重校評批暨排套紅插圖精裝本,亦為朵詩所藏。

·第十九封·

采詩撰寫《麝月名考》時所用工具書。

THE TRAVELS
OF LAO CAN

Liu E

Panda Books

楊憲益與戴乃迭譯《老殘遊記》，一九八三年熊貓版初版，
乃采詩所藏。

· 第二十封 ·

班主任與家長

小Wouang 校友好！

　　你的顧慮，是對的。昨天的做法也是保護自己，非常理解。

　　社會現在這樣複雜，你有顧慮，才說明你成熟穩重，我不會有任何想法的，也不會怪你。

　　支助計畫會繼續而一步一步落實的。——只要你同意。

　　今早已通過正常管道見到你班主任了，陳老師誇獎並表揚你。說你優秀！

　　也願意作為第三方成全我們支助計畫。這對你也重要。對你們班主任也好。

　　其法律文件會在適當時候給你與陳老師的。

　　陳老師承諾保守此事機密，或不宣傳不張揚不給你壓力。[1]

　　你自己也不要有壓力，且會成為你父母與母校的驕傲。

　　保持節奏，繼續努力。

　　因我在安康停留時間短，來一次就要實在的辦點事。

　　你提出（見）你的初中班主任，因他沒有法人資格（只能代表過去不代表現在），在我們支助計畫中，現在他無法保護你的合法利益，這次無法見上也無妨，以後有機會再見皆好。

　　望理解我的苦心。

因為我們奉獻一點點愛心，不願意家長誤解或告我們狀，也要在適當時候，得到你母親的同意才對。

陳老師與我溝通了，你母親可能願意我們的支助。你父母了不起，能培養你們姊妹兄弟如此優秀，點贊！

時機成熟時，代我向你母親問好！

校友李建國

二〇二〇年十二月二十八日下午

注釋

〔1〕我是通過我班主任謝克源老師介紹，由另一位老師導引，才見到其女生班主任。

謝克源，男，一九三三年九月生於陝西省安康市漢濱區，一九五一年畢業於安康高級中學。後由安康高級中學保送到西北大學師範學院（現陝西師範大學）數學系學習，一九五五年畢業分配到安康中學任教，長期擔任數學專業老師，在校內外名聲顯赫，至一九九三年退休。一九七七年恢復高考後，曾擔任安康地區首次中等專業學校招生考試數學命題組組長，並擔任當年地區高考閱卷數學組副組長，還多次參加陝西省高考閱卷工作。一九八五年至一九九三年任安康中學教務處主任。曾擔任安康地區數學學會副理事長，安康地區首屆中學高級教師及中級教師職稱評定委員會副組長。多次任安康市漢濱區政協委員，多次評為校、縣、市級優秀教師。一九八七年被評為國家級中學特級教師，並享受國務院政府津貼，一九九〇年被評為全國優秀教師。

我們是一九七三級十班即一九七四年一月在安康高中畢業的。高中三年謝老師不僅是我班主任，還是數學專職教師。對我們要求異常嚴厲，卻又和藹可親。我在安康中學上初中時，在四連三班，謝老師

也是我的班主任。他自己傾注全部心血與無私的愛在我們身上。那些年他一人獨身帶著兩個孩子，孩子經常在班上跑，長得特別可愛，同學們也特別喜歡。爾後其子女皆與我班同學經常來往。由於老師出身大地主家庭，一生坎坷艱難，仍積極向上，有所作為。他不僅是我們的師長，諄諄教導學子，又努力做人，在道德修養上亦為人師，是我們做人的楷模。數十年來，我們與老師一直保持親密關係，常趨其家述說人生喜悅與憂愁，亦得其點播與鼓勵，乃終身受惠。

【說明】

幫助優秀學子，最難的是選擇誰。

老天待我不薄，在幾位朋友幫助下，我們看上了此女生。

然則，接下來要具體落實時，就有諸多問題：

我們是民間個人行為，見不見其班主任？

怎樣見？

女生家長是否同意？

又怎樣與之溝通？

這得一步一步靠近目標。

而此計畫剛開始時，又有一點偏離，即幫助此女生外，同時想再支助一位也很優秀的平利縣籍高三女生，與其同班。但其家庭條件甚好，未必能接受之，我即趕快剎車，才算沿著既定一條正道而行，不亂撒胡椒麵也。原擬定之最初計畫，也是僅送給平利縣籍高三女生一部筆記型電腦。此議否決後，即將這部分錢款用來補貼惟一要支助女生高考前的生活費用。

二〇二一年六月八日補之

給高三女生
的信

·第二十一封·

許達然〈失去的森林〉與〈想巷〉

小Wouang 校友好！

臺灣作家許達然，有意思。

如總結他散文特點，不容易。

看似文字頓挫卻不似大陸任何作家。但他的頓挫，仍是一種高層次的流暢。拙著《取個有意思的英文名字 中華文化名人英文名字六百家》（增訂本）中，收有他英文名字。[1]

沒有人像他，這就是他。

大陸找不到這樣的作家，真怪。

既是歷史學家又是文學家，他站的高度在，看問題總是深刻。

作者簡介：

許達然，本名許文雄，臺灣臺南人，一九四〇年生，臺灣東海大學歷史系畢業，後獲得美國哈佛大學碩士、芝加哥大學博士等學位，並在英國牛津大學進行英國社會經濟史研究工作，後任美國西北大學教授。

除史學著作外，許達然還以散文創作著稱，著有《含淚的微笑》、《遠方》、《土》、《吐》、《水邊》等散文集，曾於一

九六五年獲臺灣第一屆青年文藝獎散文獎，一九七八年獲金筆獎。後兼發表詩作，以其獨特的語言結構，自成一格，獲臺灣一九八〇年吳濁流新詩獎。

許達然的散文，經二十餘年的凝練發展，形成獨特風格，已卓然自成一家，令人矚目。他對某些社會現象的觀察非常細緻，反映在作品中，則更兼深刻，加以豐富的聯想、跳盪的行文、歷史的反照、用字的奇巧，更使他散文能以簡練的筆法，表現複雜多變的生活現象；同時，也表達出作者對祖國、對家鄉、對人民的深厚感情，體現出作者強烈的民族自尊。在那些寓言性的散文中，往往具有令人深深思索的哲理存在。他的散文，以深刻觀察和思維，對某種社會現象，某種人的形象，常常以幾個奇特的字詞，便使之生動地躍然紙上，令人叫絕，顯示出作者對文字的錘煉和駕馭的功底。

許達然對自己的文學創作，具有強烈的社會責任感，他說：「我認為文學是社會事業。活在社會都對社會有責任……僅寫無關人群的不是自瀆就是自私。」他說：「無人格而講究風格仍是無格。」他還說：「文學、歷史、社會應融和在一起，文學在歷史與社會情況下產生，也可影響社會與歷史。」

失去的森林

你大概還記得我那隻猴子阿山。你第一次來的時候，我帶你上樓看它，它張大著嘴與眼睛兇狠瞪著你的友善。我說你常來，

它就會很和氣了。

可是我不常回臺南，你不常來。

那時我在臺中做事。其實也沒有什麼事可做，就讀自己喜歡讀的書。那時薪水用來吃飯買書後已沒有剩錢回家，回家對我竟然是一種奢侈。即使有錢回家，也難得看到為了養活家跑南跑北的父親與為了點知識背東背西的五個弟妹。即使看到，也難得談談。即使談談，談東談西也談不出東西來。回家時總還可以看得到的是母親，因為家事是她的工作，還有阿山，因為跑不了的它總是被關在樓上。但我因太久沒回家，它看到我時，張大著嘴與眼睛陌生瞪著我的親切，摸摸頭，好像想些什麼，似曾相識，卻想不起我這個不常回家的人。即使它還認得我，我也只能和它一起看天，而不能和它聊天。猴子就是猴子，和人之間少了些「組織化的噪音」——語言。這些噪音竟然是很長的文明。它不稀罕文明，但卻被關在文明裡，被迫看不是猴子的人人人人人人，看人和人爭擠，人早認為猴子輸了，不願再和它打架。而且人看久了也沒有什麼可看的，所以我回家，對它只多了一個沒有什麼可看的人。在家三四天，我和它又混熟時，就又離家了。我說我走了，它張大著眼睛淡漠看著我這個自言自語的文明。

我離家後，大家都不得不忙些什麼，只有母親願意告訴我阿山的生活，但母親不識字。

其實猴子的生活也沒有什麼可以特別敘述的。活著不一定平安，平安不一定快樂。而要讓猴子在人的世界裡快樂，不一定是它所願意的文明。我沒問過阿山快樂不快樂，是因為它聽不懂這

噪音，也是因為我一向不問那個問題。記得從前有人問卡夫卡是不是和某某人一樣寂寞，卡夫卡笑了笑說，他本人就和卡夫卡一樣寂寞。阿山就和阿山一樣寂寞，它的世界在森林，但我不知道它的森林在哪裡。而我又不能給它森林，我不但沒有一棵樹，我連種樹的地方都沒有。

我就知道它在一個不屬於它的地方，一條不應屬於它的鐵鏈內活著。是我們給它鐵鏈，它戴上後才知道那就是文明。是我們強迫它活著，它活著才知道忍受文明是什麼一回事。我們既自私又殘酷，卻標榜慈悲，不但關人也關動物。

後來接連有兩個冷冷的禮拜，它都靜坐一個角落，不理睬任何人。連我母親拿飯給它吃時，它也沒象以前那樣興奮蹦跳，而只是靜靜地坐在那裡吃著。母親以為天氣轉冷它不大想動，但猴子突然的斯文反使她感到奇怪了。有一次要給它洗澡抱起它時，才發覺鐵鏈的一段已在它的頸內。獸醫把阿山頸內那段鐵鏈拿出來的時候，血，從它頸內噴出，從鐵鏈滴下⋯⋯

我仿佛又看到它無可奈何的成長。長大不長大對它都一樣的，只是老而已，但我們仍強迫它長大。頸上的鐵鏈會生銹卻不會長大。它要擺脫那條鐵鏈，但它越掙扎鐵鏈就越磨擦它的頸，頸越磨擦血就越流，血流得越多鐵鏈就越生銹。頸越破越大，生銹鐵鏈的一段就滲進頸內了。日子久了，肉包住了鐵。它痛，所以叫，它叫，可是常沒有人聽到。偶爾有人來看猴子，但看它並不就是關心它。他們偶爾聽到它叫，聽不懂，就罵「吃得飽飽的，還叫什麼？」後來，它也就不叫了。可是不叫並不表示不

痛。它痛，卻只好坐在那裡忍受。人忍受是為了些什麼，它忍受是為了些什麼？它忍受，所以它活著，它活著，所以它忍受。

如果鐵是寂寞，它拔不出來，竟任血肉包住它。用血肉包住一塊又硬又銹的寂寞，只是越包越痛苦而已。也許那塊鐵是抗議，但拿不出來的抗議卻使它越掙扎越軟弱。也許那塊鐵是希望，那只能使它發膿發炎發呆的希望。

鐵是鐵不是寂寞不是抗議不是希望，所以拿出來後，它依舊無力和寂寞坐著和抗議坐著和希望坐著。生命對它已不再是原地跳跳跑跑走走的荒謬，而是坐坐坐的無聊。荒謬的不一定無聊，但對於它無聊不過是靜的荒謬而已。往上看，是那個怎樣變都變不出什麼花樣的天，就算晚上冒出很多星，夜雖不是它們的鐵鏈，它們也不敢亂跑。老是在那裡的它看著老是在那裡的天，也就無興趣叫它了，即使向它鼓掌，天無目也看不見。往下看，是那條吃血後只會生銹的鐵鏈。可是它已不願再跟圈住它生命的文明玩了。從前它常和鐵鏈玩，因為一伸手就摸到它，如果不和鐵鏈玩，它和什麼玩？和鐵鏈玩是和自己玩，和自己玩是欺負自己，後來它連欺負自己的力氣都沒有了。往前看或往後看對它都是一樣的，它看到自己除了黑以外沒有什麼意義的影子。但那黑不是顏料，它不能用來畫圖。而就連它這點影子夜也常要奪去。夜逼不了它睡，而它醒並不是它要醒。時間過去，時間又來。時間是它的寂寞，寂寞是它的鐵鏈，這長時與鐵鏈坐著與無聊坐著的文靜，決不是從前阿山的畫像。

可是母親一個朋友很喜歡阿山的文靜，一再希望我們把它送

給她。可是母親捨不得這養了七年已成了我們家一部分的阿山，一直都沒答應。

　　可是後來母親想起我們這六個孩子，女的出嫁了，男的在外當兵在外做事在外讀書，從前肯跟阿山在一起玩的都走了，留下也長大了的它，看守自己跑不了的影子。家裡除了我父母親外，它看不到一些從前熟悉的面孔。它不知道我們在哪裡？我們知道它在那裡，但並不在家，母親每次看到它就會想起從前我們這六個孩子和它玩的情趣，而更加掛念著不在家的我們。母親想起我們也憂心著阿山。想起阿山一向很喜歡小孩。想起把它送給那位有好幾個還未長大離家的小孩的朋友，也許它可以得到更細心的照顧而會開心點，就把它送給朋友。

　　不久，阿山就死了。

　　可是你一定還記得活著的阿山。你最後一次來的時候，我帶你上樓看它，它張大著的眼睛映著八月臺南的陰天和你我的離愁。我說我這次遠行，再回家時它一定又不認得我了，我說要是我們常來看它，雖然它還是不會快樂，但就不會那麼寂寞了。

選自《土》

想巷

　　巷象狹隘人間，一橫無計畫的秩序，一列親切的簡陋。簡陋裡不少人生長，勞碌，死後才被抬出，簡陋裡展開了我的童稚世界。

那世界陽光雖破爛，我們卻覺溫暖，溫暖小到大家都相識，從不互爭。巷雖窄到連撒尿也有回聲，倒有近三百年的歷史了，但小孩可不稀罕什麼過去，就喜歡在現在跑跳，仿佛我們也有運動場遊藝所，可玩的多了。我們甚至一同養只烏龜來欺負，看它辛苦走到巷口，不敢上街又沿巷走回。巷也是畫廊，我們亂畫亂欣賞，大人看不懂才塗掉。大人一大早就上街賺錢，晚上回家才找我們麻煩。大人不在家時，我們很少碰到看不懂的臉。不用狗，反正外人一進來，我們就察覺。有個賣包子水餃的常到巷仔來，無錢的我們告訴他進錯了地方，他還是來，看我們玩辦公夥而朗笑：「你們長大後可別忘了向我買哦！」

長不大的井在巷內古得快忘記出水了，我們仍排隊猛抽。井前拜拜時，我們就吃得最好，因為平常省吃節用的各戶都爭著把最拿手的菜展出來討好神明。井邊我們最愛聽拖車的張阿伯講古：牛郎織女，山伯英台，無錢打和尚，講到孫悟空大鬧天庭後不久，他卻忽然倒了。全巷大人默默流淚，小孩呼呼哭，送葬的行列比巷還長。

楊桃樹就是張阿伯種的，把一棵鳥聲帶到巷裡。阿章和我看過鳥偷吃楊桃也等過楊桃自然掉下來。等煩了，他就揀一粒碎石丟上去，鳥飛了，楊桃落了，但石子卻砸破人家的窗。害得那夜他老爸賣完碗粿回來打得他逃無路：「你要跑去佗位？巷仔內你還能跑去佗位？」

巷內雖躲不到哪裡去，我們也捉迷藏，誰溜到街上就算輸了。我們用手巾把輸的人眼睛蒙起來後，就邊拍手邊躲，他亂

摸，摸久竟生氣了：「有種的就出來！」後來覺得有種的常被摸到，沒膽的總躲，我們也就玩膩。有一次，我亂摸，好容易摸著一個，卻聽到哈哈大笑，拆開手巾一看，我很失望，我捉到了作工回來的金生，他已長大了。

　　我們也長大後，大多走出小巷到大街。街若不長似乎就不算路，路從此趕著我們。街外我看到更多巷，人們就在那裡拼命工作沸騰過活。巷口，阿婆包著檳榔，無人買也包得很起勁。水果販賣不出爛糊糊的香蕉只好自己吃。賣甜食的婦人邊打盹邊哄孩子睡，蚊子卻不肯讓他睡。巷內，做棺材的，釘釘釘，做豆腐的，磨磨磨，做佛像的，刻刻刻，做草鞋的，織織織，蒼蠅看不懂卻賴著不走。打鐵店內風爐邊兒子握著鐵板給老父錘，祖傳的錘聲中，火花亂濺，汗水亂流過父子疤痕交錯的胸膛。當鋪裡老闆在櫃檯與電扇間悠閒。巷尾古廟，廟前學童賭博，廟裡婦人拜佛祖，廟祝下圍棋，各用粗話圍來圍去，渾然忘記媽祖、千里眼、順風耳與皇帝匾額住廟中，忘記廟在巷內，巷是人間。

　　記得走了很多街道後，幾年前夏天一個黃昏，我回到小巷。熟悉石子，我揀了一粒。熟悉木屋，破落掛著生疏門牌。生疏幾間圍著牆的小洋房，我一走近，狗就猛叫，貓也跟著亂喵，生疏西洋流行歌曲西洋打架雜音，自電視機、收音機傳來。生疏一家化工廠，流泄出臭藥味。生疏一家玩具外銷廠，幾個童工正包裝。生疏，小孩子一定還有的，但不出來玩了。沒有楊桃樹，沒有鳥，我快快踢走石粒，石粒早被輾得太小了，砸不響巷內的熱鬧。一陣空荒的感覺猛然擁上後，一句熟悉的叫喊隱約傳來：

「包仔水餃啦！」我驚喜地往那聲音跑去。

「你是……」

「什麼？」他驚異看我，被歲月與蒸氣熏噴的眼睛黯淡無神。

「你還常來吧！」

「嗯，每日來，但不再進入。」他頓了頓：「早前相識的都搬走了。」

「搬去……」

「我哪知影？」他歎了一口氣：「我雖每日經過這裡卻不屬這裡。」他看了看巷內，囁嚅著沒再說什麼。把我買的水餃遞給我時，流著汗的手微顫著：「趁熱快吃。」然後拉長嗓子拉著攤子蹣跚走了。

他走後我想起跑不了的井，但沒找到，也許井一無水就遭人遺棄而填平了。正想找個巷裡的人問個究竟，猛然沖來「卜卜卜」喇叭聲。「死人，無耳無目？」一個年輕人坐在機器腳踏車上睜大著含怒的眼睛，似要向我吐痰才甘心，無痰，更氣，急馳而去，揚起沙塵。朦朧裡，那幅臉仿佛熟悉，像阿章，那個話雖粗野心卻纖細的少年！二十多年的街巷後，我竟成了陌生人，而陌生人從前是很少進這巷子的，他已認不得我了。

恍惚過後，我才理智想起剛才那個傢伙不可能是阿章。那年他在路邊擺碗粿妨礙交通，因要躲開警察抓他，而倉皇推著攤子過路時給卡車撞死了。

可是我總仿佛看到一個堅強的少年跑著，他父親叫著：「你

要跑去佗位？巷仔內你還能跑去佗位？」

我緩緩走出小巷，又到路上。

路，很長。

選自《土》

思考與查找：

試著總結許達然寫作風格或寫作特點。^{〔2〕}

有難度。

你特別喜愛動物，實際上在文學作品中，特別是史書中，用心研讀，會發現許多前人不曾發現的。

校友李建國

二○二一年一月八日

注釋

〔1〕指許達然本名許文雄：Wen-hsiung Hsü，《取個有意思的英文名字：中華文化名人英文名字六百家》（增訂版），白象文化事業有限公司二○二○年九月，第三三六頁。

〔2〕原本設計的習題與作文題較多，因其女生週末時間太有限了，故僅列舉一道題。

許達然《遠近集》，中國友誼出版公司一九八八年五月簡體字版。

・第二十一封・

·第二十二封·
敲定手提電腦款式

小Wouang 好！

你們高考生其他大件的消費，都沒什麼經驗。

故你的提議不妥。

還是一次買到位，甚好。看著眼下花錢多點，實際是省錢。你這個要求、與我們幫助你的計畫吻合。關鍵也在我們計畫中。原本是在你拿到錄取通知書，才給你的。這是我們工作的流程。

但提前給你，也好。主要是為了你的學習用。望你不要有壓力，更要踏實、努力即可。

記憶體、顯卡、動態貯存多少G，都很專業，我自己不懂，還要請教專家。這樣就不會花費冤枉錢。能最大限度讓錢值錢。

故明天早上才能確定手提電腦專業資料。這樣才能在西安提貨。然後再安裝好軟件。

才能再寄給你。

另外給你確定款式是二〇二一年最新款，如何？

現在請確定尺寸！聯想只有兩個尺寸：十四或十五寸？

我認為確定為十四寸，夠看了，主要是攜帶方便。

請你再決定。

顏色只有兩種：黑色、銀色。

剛才電話裡已確定為銀色。

剛回到家，已經與供應商兩次通話了。

再與專家通一次話，再等你回話即可。

機身專號全國確認保修兩年。可以吧？

李建國

二〇二一年一月十八日下午

下午三點五十一分，按照我們團隊專家建議，把電腦截圖照片發給對方QQ後，回復如下：

我表哥說這款電腦很好，問我眼光怎麼這麼好、這麼會挑。

我讓供應商儘快先拿到我這兒，拆包。

把需要的軟件都裝好。再決定快遞，還是親自送過來，可好？

現在快遞很方便。

【說明】

主要是受疫情影響，學校放假讓學生全部離校，但高三生還要在家上網課。該女生手機或家裡電腦皆有限而較陳舊，她自己為了更好地上網課，曾試著提出一個很低的要求。

我剛好乘此機會，支助新款手提電腦而一步到位，讓她無學習之憂。

· 第二十三封 ·

電腦款式略微有點變化

小Wouang 校友好！

電腦下午出庫時，型號略微有一點小差別。

是二〇二〇款，不是二〇二一款。

但品質本身無太大區別，都是標準配置。螢幕更好些，專業名詞我說不上來（主要是亮度、色度上更好）。外殼材料更好些。鍵盤帶燈光。供應商是打了二十年交道的。人好，專業敬業，速度才這麼快。直接送我家裡。

比我二〇一五年買的機子更薄、更輕巧，速度快八倍！記憶體也多八陪。

我看了都感覺太喜歡了。

我看著供應商師傅拆包的。然後安裝你最基本要用的軟件：werd、殺毒的、QQ等等。下載速度快得驚人，幾秒搞定。

我特羨慕之。但自己頸椎不好，也捨不得給自己買。

我估計你多用用就越來越喜歡。不懂的可呼叫「小娜」，幫你解決。你媽他們開車常用導航系統的話，都知道怎麼呼喚小娜。包也比過去好。本身有觸摸作業系統，配置的鼠標在包內，沒拆封。

供你四五年大學學習用，綽綽有餘。

明天快遞，後天能到達。

我會保價、順豐寄出。

師傅安裝時，拍攝幾張現場照片，QQ傳上。

我怎樣稱呼你媽，望一定告知。另，方便的話，請你決定，我們知識青年的支助計畫，何時我傳一份給她，請她審閱。這個計畫目前沒有給任何人看，我也怕打擾你，沒給你。主要意思是幫助你學習的，幫你完成四年或五年學業的具體要求與錢款數字。這個電腦錢款也是我們計畫內的，主要是幫你學習對你學習有利。你都能做到的。對我們也有一些要求。

另，在此計畫基礎上，我們八月還要簽個協議，陳老師監督之。這些都是慢慢來的事，你別放在心上。

我再來安康時也可口頭上先與你媽溝通後再讓她看這個計畫。請你定奪。

祝把握節奏，有了好電腦，更要繼續複習好，進步！

校友李建國

二○二一年一月十八日夜

【說明】

二○二一年一月十九日零點剛過，又溝通如下：

主要是我們團隊專家教授對i5（最高恐是i7或以上。我二○一五年的電腦連i1都達不到，是奔騰的）檔次太高，有點意見。

另，下單時，錢略貴了一點（約一百至二百元。總價是××××元，含上門費等），也不大同意。我考慮你網課急用，才下決心敲定的。

　　如時間從容會用此錢買更好的，但服務未必會如此。

　　望你早點休息。

　　為了你，我的作息時間表亂了套。

·第二十四封·

你尊姓大名已輸入電腦首頁／日本沒有碰瓷的人

小小Wouang好！

　　仔細看運費、保價費，這要記在你賬上的。

　　但我不會亂花你名下或已經屬於你的一分錢。

　　昨天主要是幾方溝通上費勁，我最不會買東西的，不會討價還價，讓朋友責怪。出貨時要做決斷，但此品牌英文又比預先提供圖片多了一個字母（更好），我才下決心。因已到供應商倉庫下班時間，如今天再拿貨，後天才能送達。我不願等。

　　我可能想得長遠些。

　　電子產品更新換代快。起點更高點好，希望它能多陪伴你幾年，起碼工作後或上研究生也還夠用。

　　昨天清早我洗被單，太陽好，涼臺門大開著，西安灰塵大，晚上給你電腦裝軟件時甚至螢幕落了點灰，供應商師傅都輕輕用餐巾紙擦拭掉——在把一切軟件裝完關機時。這些生活細節常讓人感動。

　　你尊姓大名已輸入電腦首頁。

　　請你自己確定密碼——現在年輕人皆如此——我家娃們亦皆如此，我從不碰他們電腦。

　　我二〇〇五年至今已用過三台電腦，包括學校一個筆記本工

作電腦，退休時已交還，所以電腦選用經驗能多一點。最主要是這方面專家都是好友甚至驢友：召之即來來之能出力幹活、出其智慧。

我昨天只吃了兩頓飯，餓，故晚飯多吃了點，胃不太舒服。

但能為你做點實在的事，心情特別好。人不可能好好學習天天向上。好好學習一天或隔一天向上乃進步矣，已經很不錯了，甚至今天向上、進步明天會退兩步，但只要後天仍能繼續往前行，就OK！起碼方向對頭，孺子可教也。

早上我又拿了個紙箱，套在電腦與包包外面，但西安南稍門順豐網點收貨小哥（與我合作兩年多已第三個年頭）說NO，又換成順豐專用箱。又有專業標籤，物流會更好。能碰到專業而敬業的小哥，委實好啊，我們就是這樣讓生活本身教育自己進步而受感動的。

我自己寄快遞，皆用順豐，其他快遞不用。我老記住臺灣作家張繼高的話，精製而精品（改天介紹幾篇文章讓你讀）。[1]

安康中學門口幾件快遞，望你妥善處理，別浪費。那不能怪你，是學校突然放假的，給你點壓力。小錢都不會記你名下的，皆為心甘情願而替你效勞。

現在這個社會做好事難幹壞事卻沒人管。但我認准的事，是會一步一步踏踏實實接近目標的，哪怕被誤解也不會在意。我們考慮最多的，不是事情本身，而是法律層面的事，事情本身的分寸以及怎樣小心翼翼不給繁忙學子造成的壓力。這些拿捏，很費神，甚至比寫文章還累，然在所不辭。我好激動好投入，故哪些

事沒做好或過激，還望諒之。

　　咱倆皆為校友，是平等的。我多次強調而看中的，是平等。但你比也是高中三年級的我，要優秀得多！真讓人羨慕。

　　我們如也幹壞事而墮落，這個社會還有希望嗎？

　　日本沒有碰瓷的人，即故意往汽車上碰，說他受傷了，讓車主賠錢而訛詐之。在日本如發現碰瓷者，不僅公示其名字，還要公示他受教育學校的名字，教過他老師的名字，讓他/她臭名遠揚，永無立足於真正法制健全之地。每一個馬上下崗不合格教師後面皆有五個上崗者在排隊。這後一資料是日本二十世紀八十年代的。

　　我們社會種種深層次的問題之一，是教育的徹底失敗。人，已無人生追求目標；無信仰；道德全面徹底的敗壞。痛心呀。

　　不說這些了。

　　祝雖退一步能再進一點五步！

校友**李建國**

二〇二一年一月十九日上午

注釋

〔1〕這次打招呼，並未能實現。張繼高筆名吳心柳。我自己至少讀過四遍的《張繼高散文》（浙江文藝出版社一九九七年四月），並沒能再介紹給她。主要是她應對語文高考的底子甚好，還要應對其他課程，乃無暇。

·第二十五封·

亞里斯多德所說人類德行之十二種美德

小Wouang 校友好！

上次我說：你的長信，談到公正，思想深刻，改天我好好與你溝通。

我讀亞里斯多德，看中人類的德行乃有十二種美德：

公道、勇敢、節制、慷慨、樂施、豪俠、溫厚、直率、誠實、機敏、友愛、快樂。[1]

我特別稱讚「公道」一詞，《現代漢語大詞典》、《古代漢語詞典》，都把「公道」解釋為「公正之道」，見《荀子》、《漢書・蕭望之傳》；或解釋為「公正的道理」；或為「公平」。

英文「公道」，就是justice，也是「公正、公正原則」的意思。

為何古希臘社會要把公正、公道、公平放在首位呢？大概任何一個社會無此公道、公正、公平，皆不和諧，難以運行，或矛盾重重。惟有把它放在首位，這樣的社會才有可能真正想著每一位公民，真正為公民服務，而人人平等。

我們為何肯定或讚歎漢代、唐代行政體制的諸多優點呢？其最大好處，就是任何平民，通過科舉考試即自己卓絕的努力，都

有一個上升的通道，甚至平民只要努力，就可以當宰相。這就是
它的公正，這就是它的活力！[2]

所以，你班旬陽縣複讀生說的高考作弊情況，我略有所聞，
過去平利縣高考也曾出現過這種情況。近一兩年還有，非常讓人
痛心。醜陋！每每想到你的壓力，就想起我的大恩人柏楊先生與
張香華老師，真想把《醜陋的中國人》再好好讀一遍。

近來雖然略有收斂，但絕對難以根除之。這勢必給基層學子
帶來更大壓力。

你依然唾棄之，一身正氣，走正道，骨氣！我比較欣賞〈國
際歌〉裡的話：「從來就沒有什麼救世主，也不靠什麼神仙皇
帝，只能靠我們自己。」

我自己讀史，也看到諸多負面的事。

《舊唐書·苗晉卿列傳》云：天寶二年（公元七四三）春，銓
事惟委任以時任吏部侍郎的苗晉卿，及同列侍郎宋遙，因唐玄宗
親御試，登第者張奭（御史中丞張倚的兒子），手持試紙竟日不
下一字。上怒，苗晉卿被貶為安康郡太守，宋遙被貶為武當太守
（《舊唐書》第十冊，中華書局一九八六年五月，第三三五〇
頁）。此時所謂「安康郡」，是漢陰縣。漢陰縣很長一段時間名
叫「安康」，而安康縣很長時間叫「西城」，而後叫安康，是後
來之事。只是到了唐肅宗至德二年（公元七五七）古代「安
康」，始更名為漢陰縣，且一直沿用至今。所謂漢陰之「安康」
一名，曾叫了四百七十餘年之久。而現今之安康縣，當時名曰
「西城」，當時之「西城」尚無誕生出爾後「安康」之名。漢陰

之「安康」一名，在前；「西城」之「安康」一名，在後。[3]

　　魯迅他爺爺周福清，為了他爸周伯宜（學問差不爭氣）科舉考試，用銀票想買通考官，被發現，他爺爺坐了大牢（在杭州），他父親也因此早逝。魯迅早期諸多作品陰沉沉的，背後的故事若搞不清，很難理解之。魯迅從不願提及家史這段不光彩的事。他爺爺教育魯迅、周作人很有一套辦法，魯迅與周作人，可能正是父輩、祖輩的不光彩或曰做了壞事，反倒給了他們前行的更大勇氣與毅力，兩人都考上官費留學生，真不容易。[4]

李建國

二〇二一年一月二十一日凌晨

注釋

〔1〕參見余英時《中國思想傳統及其現代變遷　余英時文集第二集》
　　〈西方古典時代之人文思想〉，廣西師範大學出版社二〇〇四
　　年四月。

〔2〕唐朝初期，何以治國？房玄齡在〈公平正直對〉（全文）中回
　　答唐太宗云：
　　「臣聞理國要道，實在公平正直，故《尚書》云：無偏無黨，
　　王道蕩蕩；無黨無偏，王道平平。又孔子稱：舉直錯諸枉，則
　　民服。今聖慮所尚，誠足以極政教之源，盡至公之要，囊括區
　　宇，化成天下。」《全唐文新編》三冊，吉林文史出版社二〇
　　〇〇年十二月，第一五四六頁。

〔3〕參見采詩《親近嚴耕望：歷史地理論文隨筆集》〈兩個安康
　　縣〉，白象文化事業有限公司二〇二一年十月。

給高三女生
的信

〔4〕參見周作人《魯迅的故家》，河北教育出版社二〇〇二年一
月；《知堂回想錄》（上下），河北教育出版社二〇〇二年一
月。

丑陋的中国人

●中国人与酱缸 ●沉重的感慨 ●最大的殷鉴●

柏杨著

●恐龙型人物●

湖南文藝出版社一九八六年十二月簡體字本，略有刪節。

親近
嚴耕望

歷史地理論文隨筆集

朵詩 著

嚴耕望之啟蒙或導引，讓自己在專注而研讀的路上，
看到了可能與之並行的另一條路上優美風景！

二〇一〇年八月，吾為資深驢友去攀爬秦嶺北坡數十條溝峪的涸晚功課，
為翻讀嚴耕望先生《唐代交通圖考》相關部分，便進入嚴氏的世界。
嚴耕望全面評價並批評了陳寅恪，卻依然走乾嘉學派老路，又能知己知彼，
治史竟「竭澤而漁」，終將超越「全中國最博學」偉大史學家陳寅恪。

朵詩《親近嚴耕望：歷史地理論文隨筆集》，白象文化
事業有限公司二〇二一年十月初版。

·第二十六封·

嚴耕望治史乃竭澤而漁

小Wouang 校友好！

這篇〈晚思〉甚好，文字順，把你想表達的說出來了。

我特別心疼而矛盾。這麼晚了你還不睡，苦；可又看到你的好文字，樂。

貪官體系肯定從上到下遺害百姓，盡用無用無能的馬屁官，禍國殃民，還是暫時不說也罷。

我看中你的，是好與壞，皆能認識到、觀察到，即能是其是非其非也，了不得。

我自己年輕或中年時寫文章，愛指謬——批評他者文章或學問的錯處與不足，且洋洋自喜。

當然文學批評是我的本行，並非指此也。

多次電話給你提到的嚴耕望，太了不起了，他批評陳寅恪（大陸有骨氣能堅持獨立自由的大史學家，與秦人吳宓關係甚好，同讀美國哈佛），猛一讀，震驚而不服氣，或以為他對大陸情況不熟。

但是我自己花費一年時間鉤沉出〈嚴耕望對陳寅恪的評價及批評〉（估計今年能公開出版，可能你是第一個知道此題目的）後，心底特佩服嚴氏。[1]

因為，嚴耕望踏實通讀唐代及其之前的所有史料與考古資料，已達到「竭澤而漁」的高度，研究的問題多已超越前賢前輩大史家，是數百年不遇的史學巨擘。

嚴耕望先生研讀史家而批評陳寅恪的內在路徑，最值得晚輩思考的是，即他學生受教的真實感受：

「老師更指出我們在追求學問時，不單要注意別人的缺失，更重要是欣賞別人的長處，才可以提高自己的研究水準。老師的忠告，對我以後治學起了極大的影響，使我逐步明白找別人的錯處不難，吸收別人的優點不易。」（劉健明〈筆耕室受教記〉，嚴耕望先生紀念集編輯委員會編《充實而有光輝——嚴耕望先生紀念集》，臺灣稻禾出版社一九九七年十二月，第九十三頁）

我能讀到臺灣原版好書，多是二十世紀八十年代初與稍後，自己花高價買，還有柏楊先生、張香華老師從臺灣轉道香港再寄到福建或再寄給我，後來大陸臺灣三通才方便許多。

從那時就養成習慣，多讀臺灣、海外一流學術大家的著作。大陸文史著作一九四九至一九八〇年的，幾乎都是政工宣傳與抽樣論證或長官命題作文。特別是讀到余英時那篇〈《十批判書》與《先秦諸子系年》互校記〉，[2] 真是痛快。這是專門揭發郭沫若抄襲錢穆著作的文章。大陸文人最高級別的「才子加流氓」（魯迅語）[3] 尚且如此，其他何以論之？故大陸諸多報刊抄襲拙作的，稿費要不來，也懶得管矣。如此堅持，才慢慢開竅。

大陸學問與教育恐太落後了！

我自己總以為，別人批評他者時，我能贊出個所以然來；別

人讚美他者時，我卻能指其謬。依然自喜。可是以做學問的角度看，還是偏激不夠客觀。難以達到嚴耕望做學問的最高境界。

嚴耕望批評陳寅恪的諸多地方，多把前賢的好處特別說出來，為人厚道，相當客觀。這是為學的真正路徑，特別值得我學習。

我沒有別的意思。只是現在你一定要冷靜、客觀，多想想母校的好處，幹好自己的事，先別管壞蛋，如此而已。

他們如此蠢，未必會有善報、好的效果！

李建國

二〇二一年一月二十三日上午

注釋

〔1〕《親近嚴耕望：歷史地理論文隨筆集》〈嚴耕望對陳寅恪的評價及批評〉，白象文化事業有限公司二〇二一年十月。

〔2〕余英時《余英時文集第一集：史學、史家與時代》，廣西師大出版社版二〇〇四年一月。

〔3〕魯迅語：「這種令人『知道點革命的厲害』，只圖自己說得暢快的態度，也還是中了才子＋流氓的毒。」《魯迅全集》十八卷本之四，《二心集》〈上海文藝之一撇〉，人民文學出版社二〇〇五年十一月，第三〇三～三〇四頁。魯迅此語，恐主要指創造社郭沫若、張資平。

充實而有光輝

嚴耕望先生紀念集

史學大師系列 01　　嚴耕望先生紀念集編輯委員會 ◎編

近年從臺灣郵購回來的。

【說明】

　　從二〇二一年一月二十四日起，甚感該女生高中語文基礎紮實，閱讀量深廣而超前，其作文應變能力應亦無問題，愚再給她單篇文章而費時、費事。

故將愚編輯的兩種教材皆一次傳給她，讓她抽空自行學習並自由安排之。

其一、二○○四年八月十七日竟稿的《詩歌與散文欣賞》（約八萬五千餘字），是為西安財經學院大專學生特別編輯的教材。前言與目次如下：

前言

大家選修的「詩歌與散文欣賞」這門課，是進入文學殿堂的必經之路。無論是學文科或學理科的，能真正進入文學殿堂，無疑，便可以提升其生命品質和對生活意義的理解。而進入散文天地，是訓練大家欣賞文學的基本技能，並增加其修養；進入詩歌天地，則是進入文學的最高境界。這兩條路都是誘人而具挑戰性的。

我以前教這門課，曾用過其他大學本科教材。其中古文較多，同學們很不愛讀，最終效果也很差。迫不得已，我才下決心來編這本教材，因為我讀過或教過的其他教材，的確太差。編者和那些教授們讀書太少便匆匆上馬，結果總是那些使人昏昏欲睡的課本，讓人難以下嚥，更提不起大家的讀書興趣。

這本試用教材，選材範圍全是當代作品，又都限定為臺灣地區、香港地區、海外華人的作品。所選每位作家作品，全是其代表作，或代表其特有風格的作品，或是其某一創作階段具有特色的作品。由於課時所限，在編選時儘量多選一兩篇，供大家參考。我自信，這些詩歌、散文都是現代人而最具現代意義的精美

佳構。我做人有個原則，請客人吃飯一定要上最精美的飯館。

以後若有緣，我一定再編一本大陸當代作家的讀本，這樣才能算完美。不過，維納斯斷臂之殘缺美也足以傲視天下——這個比喻可能不甚恰當——或許，大陸算是維納斯，香港、臺灣、海外充其量是女神永遠無法還原和找尋得到的胳膊。所以，那些難以找到的東西，更具誘惑力。

能真正欣賞詩歌、散文的人，除了書讀得多而雜外，決不能眼高手低，自己樣樣都寫，而最好。我把自己不算太好的詩歌、散文、散文詩、文學評論各選一篇，附在書後，也請同學們批評——這對我，的確也是一個挑戰。

對於要真正學好中國文學的同學，我的忠告是：要踏踏實實地讀古文，更要好好地念英文。為此，我在詩歌單元結束時，特意把我的恩師——臺灣詩人張香華現代詩的英文範本選入其中，供大家賞讀。

西方有句名言：要欣賞但丁，必須把自己提高到但丁的水準。那麼，要欣賞夏志清呢？起碼要像他那樣，精通英文、古英文、希臘文、拉丁文、德語、古冰島語，當然，還有純正的現代漢語和古漢語嗎。這幾乎是不可能的。但是，我們必須精通一門英文，才能慢慢跟上洛夫、余光中、楊牧、非馬的腳步，也許，才有可能成就自己未來的事業。我們必須去欣賞但丁，欣賞夏志清，才能慢慢知道什麼是好，什麼是差。

我所選的這些作家，他們英語皆十分驕人。有的就是外文系班科出身，有的現在還用英語在異國教書，有的就是遍遊世界的

名記者。大作家張愛玲十七歲寫的英文〈My Great Expectations〉，已開筆驚人。不掌握英文，大概將寸步難行。

能為大家編選這本精緻而並不算太厚的教材，的確要感謝我的藏書。

我的藏書：冊數之多、品種之有特色、版本而有收藏價值，在咱們西安，的確是有點名氣的。可惜的是，最近五六年，我的藏書四分五裂：放置於我父母處，和分散在我三個住處裡。想找個資料，或寫某個主題「書房文章」（董橋語）時，常因書不在手邊而難以開頭、難以繼續、難以終卷。

這個暑假，又是我生命歷程中最痛苦的一段日子。我下定決心將自己藏書80%～90%，搬上我長安縣六樓住處。為大家編書，我重新摩挲、把玩港、臺原版精美圖書——許多書是作者親自贈我的簽名本，對我的心靈真是一種最好的安慰。我想，對大家也一定是有益的。

我編選目次時，僅用了三天時間，打印、校對、修改而裝訂成冊，又限定在三個星期之內，匆忙中，想必定有紕漏、不足和缺點，歡迎同學們和讀者賜教，以便日後逐一修改，使其更加完美。

此書的電腦錄入員，是一位特別勤奮、聰明的陶豔紅同學，在此我特意感謝她的合作與敬業精神。

二〇〇四年八月十七日於長安采詩樓

詩歌單元

・第二十六封・

試論當代散文的特色與不足

該女生收到教材後，曾特地詢問張愛玲英文作品。

其二、二〇一八年六月八日《閱讀與寫作——燦星學校試用教材》（約五萬餘字），是為湖北竹溪縣燦星教育機構初中某年級學生課外深度閱讀編輯的。序與目次如下：

序

記敘文大家都會寫，且樂於寫。然而，從中考與高考歷史來看，說明文與議論文更加重要，且已成為重點。

因此，此教材更側重說明文與議論文。

編寫原則，是應該跳出現有教材，且以大陸、香港、臺灣的經典為本，甚至還選用了日本重要漢學家的作品。

如果不能獨上高樓，將難以望斷天涯路，也不會有所成就。

要學好現代英文，必須得學好古英文、莎士比亞，甚至還要學好拉丁文、希臘文；要學好現代漢語，當然還要學好古代漢語，才能提高它。因此，我選編了一些淺近的古文。

要深刻認識今天漢字，當然要多讀一些繁體字、篆字，甚至甲骨文，才能更深刻地理解今天漢字及其演變的歷史。

現代史上的日記與書信，也是今天只會玩手機族必須惡補的功課，故選了幾篇經典之作。

現代詩，當然與青春的騷動、豐富的想像關係最為密切。它是靈魂的補藥，也是立志為學者不能不攻克的象牙塔。

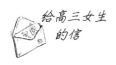

所選文章，在怎樣做人方面，或許對大家有所幫助。

選在這裡的經典，希望大家都能背誦；你就有了一點點可以與文豪對話的資本，以及寫好文章的基本詞彙、變化的句式與那種難以學到的語氣。

采詩

二〇一八年七月三十一日於平利縣陳家壩

第一單元：說明文

精讀

伯宜公（魯迅父親）／周作人

一幅畫（魯迅四弟）／周作人

附：《魯迅書衣百影》之一／劉運峰

看圖作文：

門前溪一發　我作五湖看／小思

繡簾一點月窺人／小思

課外閱讀

介孚公（魯迅祖父）／周作人

介孚公二／周作人

垃圾／張香華

深度閱讀

《唐研究》弁言／榮新江

《常用字解》兩例／〔日本〕白川靜

向

好

看圖作文：

無題／陳師曾

懸燈／陳師曾

第二單元：記敘文

精讀

孔林／張岱

莊周夢蝶／莊周

蝴蝶夢／陳鼓應（教師參考）

哭／吳冠中

父親的皮箱／夏菁

課外閱讀

釧影樓／包天笑

空蕩蕩的漢江／采詩

靜的加減／采詩

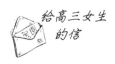

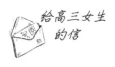

藍蝴蝶

　　　　　　　　　二〇二一年六月二十日補之

二〇二一年一月二十九日我為該女生所出作文題：

看圖作文。

先找到恆河，再寫一篇說明文：恆河

引自嚴耕望《唐代交通圖考第三卷秦嶺仇池區》，上海古籍出版社二
〇〇七年三月，第六七三頁。

·第二十七封·
公辦中學食堂辦得差

小Wouang 校友好！

你的長信特別讓人陷入沉思，沒想到安康中學食堂辦得這樣差，名實太不符了！也就特為你開學後三餐飯擔心。

我給你說過，平利中學食堂就辦得差，校門口滿是小攤販，周邊速食店也多，都是賺學生錢的。貪官庸官太害人了！然則回平利休息，每天散步從其校門口過，竟無一點感覺，是我親戚（當地政府退休官員，知道實情）陪我散步而告訴的。一下讓人反感之。沒有民主沒有監督，怎能為百姓辦好事？實則此事即為衡量官員好壞的尺規。在環境好的地方，如上海、深圳或民主法制國家，要想把食堂辦好，只有同時讓兩家競爭對手攬活：可口可樂與百事可樂——今天你買一送一、明天我買二送二。現在小地方貪官只讓自己親朋好友攬活，沒有監督沒有競爭，苦的是學生，這樣不要臉面的壞蛋，還能當官呀。

安康，是全省飲食最為講究的，其他地區恐只有漢中能比肩之，但漢中人太懶了。我每次陪朋友在安康城玩，都不敢在學校周邊小飯館吃飯，怕品質差。有一次我們下火車，我認為就在安康火車站坡坡下右手走一點一家回民食堂吃飯就好，點我們喜歡的菜即可，而且那家蒸麵特別好吃，可是我朋友陳林（省政府大

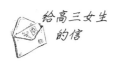

處長，與我同庚）硬是要進城。後來在漢濱區政府那條街即他母校原永紅中學附近吃飯，特差！

故以前給你下單之食品，不知對不對你的飲食習慣？

你那樣勤奮刻苦早起晚睡努力學習，如營養跟不上或不平衡，身體就吃不消，甚至厭食，又不利於用腦，如此迴圈，更不利最後幾個月衝刺？你掉頭髮厲害也是用腦過度營養跟不上的一種表現。

故又給你下單四樣試食食品：

一、康師傅老壇酸菜方便麵一箱。你要不喜歡，姐弟皆可分享。一直調整到你喜歡的種類為好。洛陽發貨。

二、早餐餅兩小箱，廣東的，名曰老婆餅，不甜；當然還有一種叫老公餅的。廣東發貨。

三、獼猴桃一小箱，盩厔縣的。這款水果維生素豐富，但必須放軟了才能吃；在西安要放一周左右才能吃。安康天暖和可能快些。最好和其他水果放一起，軟得快。西安發貨可能最先到。[1]

四、韓國進口速食三養火雞麵（在網上參考吃法，好像是乾拌）十包。我沒吃過，聽說好。江蘇連雲港發貨。

順豐快遞用你（恆口）農貿街地址，無門牌號碼還可以通過，但淘寶電腦系統無號碼怎麼也通不過，試了幾次都通不過，我只好寫了個農貿街十七號，表示你十七歲而已，笑；另一款地址又在農貿街後加了個「高三學生」吧？通過！

恒口鎮農貿街，前兩年我去過兩次，挺熱鬧的。恒口鎮老街道我也專門溜達了一圈。你第一次在操場見我時同路的趙衛平，

他原海軍戰友就在恒口鎮老街道住。但我分不清老街道與農貿街之區別。

一次，是與安康學院中文系第一位正教授李欽業（研究錢鍾書大陸專家）。我們一起去恒口中學，那的頭與辦公室主任，都是李欽業的學生，還請我們午飯。我特意在農貿街轉悠一圈。

另一次是與西安朋友陳林，他也是安康幫，跟我同在安康老城地委大院與小北街長大的。他很多年沒去過恒口，我們坐車（好像是三十一路公交）到的，在你們恒口農貿街道轉悠，還吃了一頓蒸麵。返回時我送他在高客站下車。

對了，安康開春後天氣慢慢暖和甚至馬上熱起來。你說出租房內無冰箱。你再確定一下，是否要？方案兩個：

1.我感覺要的話，你最好每天能做一頓飯吃。實際上做速食飯也算大腦休息，不太費時間，反而利於學習，如一天全是學習，神經繃得太緊也不好。可以給你快遞一些天南海北的速食食貨。另一頓買著吃。早飯還是給你下單適合你吃的：手撕麵包老婆餅饅頭，再喝咖啡牛奶什麼的。

這樣的話，我給你發個二手冰箱，德國西門子的，一米五高，品質好，特沉。你得要請人抬進出租房內，可以嗎？

同時還要增加鍋碗瓢勺與電磁爐等，房東有無提供？如置辦也是運營成本，但你別操心，全權讓我來。

2.連上我的微信，每月給你生活補貼，你自己買著吃，想吃什麼吃什麼。安康中學周邊的飯店你也熟悉，但一定食品安全第一。咱倆午飯那家「蘑菇愛上飯——育才路店」還可以，就是店

面太小了點。附帶給你在網上下單。不再發冰箱等等，此錢省下你買好吃的。

你媽負擔較重，也有壓力，你要多體諒她。我們既然已經確定一幫一即我幫你，眼下最讓我操心的就是你的營養能否跟上。[2]

吃飯你能花多少錢？你開年後衝刺階段我全部負責。如能給此機會，乃我最大榮幸。

我自己財務運作都是由朋友幫忙設計好的微信、支付寶兩條通道。你給我你銀行卡卡號，也可以。

我專門給你與你媽的支助文件，修改了七八次，才修改好，等你吩咐並可隨時呈上。我的想法是，想與「佘太君」直接通一次電話就可以？聽你安排。

我特別羨慕你們一大家人過年熱熱鬧鬧的，我早就喜歡過年的冷清，因為現在天天就像過年也就無所謂什麼過年了。

你要不要紅包？多少都是個意思嘛。

我煩惱的是每年紅包發不出去，後來安康學院老校長開玩笑說讓他孫子來李建國家領。過年實際上是給你們娃們過。你們熱鬧年就好！

加上微信吧？你要申請我、我才會操作。

西安講究是年三十晚上發紅包。

廣東人發紅包講究是：小孩收到（現金）後不得拆開，要壓在枕頭下睡一晚上，大年初一才能拆開看大人給你發了多少。

李建國

二〇二一年一月三十一日上午

注釋

〔1〕臨近春節，雖下單而商家後來沒能發貨，則退款。

〔2〕因前期想購買兩台手提電腦，縮減為一台。其餘錢想重點扶持
該女生。發生活補貼等，然此女生並沒有答應。故愚此月也不
敢有任何動作。

【附記】

實際上，任何一個企業、單位，只用一種辦法來鑒別領導是
真心為百姓服務，或半心或假心為大家服務，即大體知道其格
調，與未來走向。這個考量指標，就是食堂，也能以此反映出領
導真正的行政能力。

陝西科技大學食堂

我已是第二次在陝西科技大學未央校區學生食堂用餐。

記得上一次是很早以前的事，也是在其學生食堂用餐，而留
下深刻好印象。

二〇二一年六月二十五日中午，在該校老領導田安明老師陪
同下，在其未央校區「沁園」一樓學生食堂用餐。我想主動刷微
信繳費，被勸住，而由田老師刷貴校之專用卡。他早已退休十餘

年。我特地問，學校有無給教師食堂吃飯補助錢款打入其專用卡內，答：在職或退休的，皆無。

該校食堂辦得甚有特色，深受師生好評，是陝西省高校食堂優秀先進集體之一。其美名早已傳播遐邇。

像「沁園」、「馨園」這樣長四百米寬八十米共三層樓的超級大食堂，全校共有三座，能同時為二萬餘名師生提供飲食服務。其一二層即普通學生食堂，其三層為回民餐廳，並兼有學生聚會特色餐廳。三座超級大食堂建築面積為二二七五一平方米，共二四五個攤位，堪稱陝西之最；每座食堂一層面積即達七一五〇平方米。

除此主力食堂外，還有一個教工食堂，上下兩層。每層至少能同時接待三百至四百人用餐。樓下一層二十四小時服務，由於環境好，學生常用完餐後，還繼續在此上晚自習。

另外，該校還有一個專為數百名留學生服務的「南園」食堂。

無論教工食堂或學生食堂，學生、教師皆可自由選用，刷臉進入。且都有電梯與空調。所有食堂餐廳內部餐桌配套設置：寬鬆、整潔、實用、雅致、高檔。所有高檔安全的飲食機械設備配置，皆專業而有專門房間，自動化運轉。

像「沁園」、「馨園」這種超級大餐廳，每層提供全國各地各類特色飲食品種，乃應有盡有。

我們當天午飯是在一家杭州特色飲食攤位吃米飯。我們四人中我是最高檔配餐：兩葷兩素，兩份米飯，我努力為之，居然沒

能光盤，甚對不起飯菜與田老師宴請。我這一份共十一元錢；其他三位也盡享各色美食，每份共十元錢。

食畢，每人要自己主動把餐具交到專業洗碗櫃處時，我的剩飯明顯，田老師主動把我剩飯又撥一些到他盤內，才敢遞交之。這一細節甚讓人感動，愚亦更加慚愧。回頭我專門去詢問剛吃過這家攤位的高檔菜價：杭州燒鴨腿，每只六元；上海本幫小丸子勾番茄汁，每份五元；番茄炒雞蛋，每份兩元。就此一層主力攤位有四十個左右，每個攤位開間六米左右，還有專營飲料攤位、各地特色小點心等攤位、水果攤位、小超市等。菜系品種有粵港、湘贛、東北、新疆、吳越、魯菜、安徽蕭縣等等地方特色菜；吾省陝北洋芋擦擦、西府岐山面、陝南漿水面、漢中熱米皮、安康蒸面、渭南時辰包子、西安羊肉泡，亦為最基本品種。僅觀賞一層飲食攤位，只能走馬觀花，匆匆一撇，乃琳琅滿目，亦難以一下數清數盡薈聚於此的天下美食也。像吃北方麵食、餃子的同學，皆在有序等待廣播叫號。乘著他們三人參觀欣賞「沁園」第二層餐廳時，我專門請教正用餐的三位女生，每月在此用餐花費情況：

一位西安籍學生略躊躇計算之，每月要五百元，還解釋說，週末有時回家。

一位長沙籍學生答，她吃飯較講究，每月八百元以內。

一位正在買冒菜（每斤十二元八角）的山西籍同學答，每月五百至六百元。

該校食堂監督機制甚健全，而名聲遠播。我們在用餐時，我

特意留心到「權益保障部」辦公桌有兩位工作人員在崗，專門接待任何師生對某一家攤位食品品質或價格的意見。向田老師詢問後，這是省教育廳的要求，他們如實設置，從不推諉。我專門近前與工作人員交談，桌子上有專門記錄師生對飯菜品質或價格提意見的本子，確實有一兩條記錄在案；然本子甚舊。

我心裡特別清楚該校優質餐飲與價錢如此便宜的服務，全省高校與市面上走百姓路線的實惠食堂，很難再遇之。

陝西師大老校區因與我校是鄰居，我曾拜託該校教職工買有其校專門飯卡，就是在最大而能同時接待五千人且掛有國務院副總理李嵐清親臨該食堂用餐特大照片的餐廳，是南郊所有大學最好最實惠的，過去我經常去吃飯。若論規模、品質、種類、飯優價廉與服務監督，遠不及之。西工大老校區學生食堂，也是西安高校著名餐廳，犬子讀其附中時，我們也經常光顧之，亦遠不及陝西科技大學也。還有西安外國語大學新校區或老校區學生食堂，我也曾光顧之，若論規模、品質、品種、飯優價廉及服務監督，乃遠遠不能及之也。我在西北大學老校區居住過四年，也略有去其最大一家學生食堂用餐經歷，但遠遠不能追及之。

且不論飯菜份量，僅以一般份量計算，該校價錢，應該是西安城內中山門永興坊陝西特色小吃城普通飯菜而同類食品價格三分之一；是西安南門外中貿廣場五樓著名大眾實惠美食城普通而同類食品價格一半有餘；是安康市漢濱區新城安康高級中學北大門對面「蘑菇愛上飯——育才路店」普通而同類速食價格一半，卻是其飯量一倍。

我特意詢問田老師，供應商蔬菜糧食配送，皆納入陝西省教育廳一套優質配貨系統，能絕對保證安全外，是否與該校所在西安北郊地理位置特點，與咸陽市蔬菜基地或涇陽縣蔬菜基地近便而得其實惠；同時，這另一條安全實惠的供貨系統能輔助之，才使該校餐飲公司的經營真正為師生辦了大好事而添力也。他說運營成本能降低，與咸陽蔬菜基地或涇陽蔬菜基地關係不大。最關鍵，學校食堂不以盈利為目標，學校也不補貼之，而以師生真心滿意為目標也。

二〇二一年六月二十五日

· 第二十八封 ·

商議出租屋電器

小Wouang校友好！

　　上午給你的信，為落實冰箱快遞事宜，下午又跑了三家快遞：順豐、中通、百世，皆不收貨，因我的冰箱太大太高，搬運難。我住四樓，也要往下抬，難。故前議，取消。[1]

　　你如需要冰箱的話，就買新的，國產的都過關了，也不貴。送貨也好解決。買小點，價錢比從西安運大冰箱費用還低！另外鍋碗瓢勺等還需要的，一次告之，快開學時，我替你一次拿下。

　　下午又買了些核桃。這個帶殼的，好。一定天天吃三四個，補腦的。

　　另外詢問平衡掉髮的民間方子：黑芝麻，生的，一天一小勺。當地可以買到，望你試一試。

　　還有，我太太還說了個方子，吃黑豆。怎麼適合你吃，真一時想不起來。

　　我們平時都是打豆漿用黑豆，但豆漿機用起來不方便，打豆漿也費時費事；機器，難洗。頭一天還要泡豆子。若你想試著喝豆漿，做的過程得用時半個鐘頭。一起床就先操作，頭一天要泡豆子。但豆漿營養好！你要想喝愛喝的話，我可以給你下單買一個德國豆漿機，特別好用還能自動洗機器的，不再用人洗，價格

也便宜。我自己用得是九陽牌的，家裡舊的新的西安平利三四個，老是用不壞，想買個好的，都沒機會。現在電器更新換代太快了，價格特廉。

　　這方面的專家是西安理工大學教電器的教授，就是我們平時的生活顧問，幾十年的朋友，而受益多多。

　　對了，剛才按照專家指引，又在淘寶網仔細查看新破碎機，功能太多了，不僅可以打豆漿，還有其他諸多功能，可以預約等等（頭一天晚上你用幾分鐘第二天就喝上好飲品），太方便了。因此不用費時間，解決很多問題，還可以熱飯等等。

　　我感覺你既然自己住就發揮其優勢，自己做早飯喝的，我這就給你下單並提供原料。如何？

李建國

二〇二一年一月三十一日晚上

注釋

〔1〕是一台德國西門子二手冰箱，特好用。

給高三女生
的信

·第二十九封·

英語經典一百篇

小Wouang校友好！

《名人演說一百篇》（英漢對照），石幼珊譯，張隆溪校，中國對外翻譯出版公司一九八八年版，價三·二元。

《名人書信一百封》（英漢對照），黃繼忠譯，中國對外翻譯出版公司一九八八年版，價三·三元。

《世界著名寓言一百篇》（英漢對照），陳德運、李仲、周國珍譯，中國對外翻譯出版公司一九八八年版，價一·五元。

《中國神話及志怪小說一百篇》（英漢對照），丁望道選譯，中國對外翻譯出版公司一九九一年版，價六·五元。

《英美名詩一百首》（英漢對照），孫梁編選，中國對外翻譯出版公司一九八七年版，價二·五五元。

以上五本是雙語的，明天寄給你。

我現在很少寄書給朋友或學生。

山東大學一位書友對我說：輕易得到的書，他／她，就不珍惜。不讓我送書給朋友或學生。

你可能例外。

你們家姐弟多，你不看了還有人看！

你們基層找書不容易，明天就寄出，後天到。

李建國

二〇二一年二月十四日

· 第三十封 ·

送書給你即把我年輕時如饑似渴讀書買書的生命軌跡交給你

小Wouang校友好！

昨天已洗完澡上床，故沒能再翻箱倒櫃。稍後，又想起我書房西邊五個書櫃中間一個最下面底層內還有些書，未經常翻看也。

把它們送給你，也就把我年輕時如饑似渴讀書買書的生命軌跡交給你了。

那時工資特別少，每月百元左右。但我一生養成每月都要買書的習慣。每有稿費還未寄來，又買書也。工資再少買書不能少也。當時書價版權頁上都有，才幾元錢。

現在每本都得幾十元。特別是去年大陸紙張漲價40～60%後，書貴得青年學子亦買不起也。

望能珍惜之。

另外，再與你商量件事。

與你媽通電話並溝通幾次後，我兩晚上不眠。你媽壓力太大了。

我只能幫你——略盡微博之力。你開學生活費，就別向她要了或少要點，我來幫你，如何？

李建國

二〇二一年二月十五日寄書後又及

注釋

〔1〕其母僅做小本生意，要養活兩個在校大學生：一位在西安，一位在成都。還要養活兩個在當地最好中學讀書的高三學子與高一學子。

其女生，當下並沒有答應之，應話題太敏感，愚不再敢問。

給高三女生
的信

·第三十一封·

蘇州松鶴樓名點

小Wouang校友好！

　　早上又給你寄了兩小箱蘇州松鶴樓名點，明天到。是酥餅，不是太甜。[1]

　　早上來不及早飯，晚上很晚才休息時，可加餐之。

　　上午四節課太長了，中間課間休息吃一點也好。

　　這個食品我親自嘗了，才敢給你寄，不是特別甜。

　　冰箱啟動後，一定注意飲食冷暖。保持腸胃健康，要小心為好。

　　安康熱起來，快，食品冷暖千萬注意為好。

　　同時再從外地寄食品也有一些風險。熟悉的尚可，不熟悉的，我也不敢為你下單，主要是安全第一。路途有那麼幾天，到（安康中學）前門超市後，也耽誤時間。[2]

　　多吃當地食品為上、為好。

　　（安康市漢濱區新城）育才路往市政府西邊頭一個十字路口，好像西北角，有一家漢陰（蒲溪）人經營的漢陰炕炕饃，鹹甜皆有，我感覺可以。每次有時間買的話，多買點。再就是快下新城城門洞左手一家，也有賣漢陰炕炕的。不知你喜歡否？關鍵上面有一層芝麻，對你好，適合你。

打豆漿用不了多少時間，試著打：可預約或一起來就打，洗漱完剛好可喝；喝一喝會很好的。特別給裡面加點黑豆，更好。

洗衣機本來可以再買小一點的，但我感覺冬天棉襖、被罩、被單等也好洗，才略要大一點的，不知安裝好否？操作方便吧？

需要什麼望一定吩咐。

康師傅老壇酸菜方便麵、牛奶、蘋果還要嗎？

還剩三個多月了，保持過去節奏，不要給自己再添加什麼，最重要。完成既定計劃，跟上學校節奏。過好每一天，活在當下，即可。還是你以前的節奏，就非常好。

我自己的胃，自一月中旬不是太好後，現在皆調理好了。請放心。

頌

能早點睡！

李建國

二〇二一年二月二十日夜

注釋

〔1〕其女生不愛吃特甜食品，故選擇甚有難度。其名點是犬子過春節孝敬我的，買得太多了，而順手送給該女生。

〔2〕這個超市是其指定取快件等東西的地點。由於最初為其下單買食品時，或有送至距離其學校略遠的安康學院取貨點，該女生時間太緊而難以按時提取，甚至還要請安康學院朋友最終提取之。後來才慢慢知道她能取快遞特定地點。

犬子過春節特意孝敬我的。我說買太多了,他答:可以再送人嗎?
做工精細,吃起來不膩,包裝特好。

· 第三十二封 ·

我自責幹得蠢事

小Wouang校友好！

我花錢給你下單，買的食品，你非常不喜歡，很對不住你。我自責自己幹的蠢事，又讓你費神了。[1]

因為你忙，我沒能提醒你：每件東西收到後，禮節性的確認與評價，這是做人的常識。你幾乎都沒做。故不知你喜歡什麼？很難判斷好壞，大多商品下單時都可以七天無理由退貨，卻沒有一件退貨。

忘掉這些不愉快事。

心情不宜大起伏。還有一百天呢，對任何人都一樣。

做好該幹的事，就是勝利。

我們的計畫最終簽訂合同在八月份。希望雙方都努力。你母親只與我通話一次，還加微信後聊天幾次。她邀請我去你家的。但我要尊重你的意見。

我們的協議如果我方撤銷，不做任何解釋。即使在執行後。

不願過早與你、母校更親密接觸，是為你好。陳老師為此事答應保密。這主要是為你上大學後，低調點，可以以家庭背景與自己學習優秀申請國家獎學金的成功。

祝校友沉穩應戰，首先戰勝自己！取得優異成績！

校友 **李建國**

二〇二一年二月二十七日晨

注釋

〔1〕最難的一次磨合。關鍵是我自己不會買東西，朋友也提醒過
　　我，仍有沒做好之處。但並沒有想到要放棄她，而是把支助規
　　則再與對方溝通之；也希望她能繼續合作。

· 第三十三封 ·

我願意慢慢磨合之

小Wouang好！

別想多了。

過去的事就過去矣。

友誼長存。

好好複習。

沉穩跟上節奏。

我家裡也是為分家產姊妹關係較緊張。非常理解。

這次來安康與你參加婚禮角色差不多。

大學同學聚會。還參加親戚應酬。

變天了，注意添衣，千萬不要感冒。

沒機會與你到超市購物，很遺憾。

咱倆相差幾十歲，吃與其他事情，肯定相差甚多，正常。

我願意慢慢磨合之。

有機會望告知我，能一起去超市購物。[1]

需要什麼一定吩咐，我會努力。

另可告你的，我未必比你媽掙錢多，但我消費甚少。

願盡微薄之力。

祝一切順利如意。

給高三女生
的信

校友李建國

二〇二一年二月底下午大學同學聚會時急就

注釋

〔1〕對於高考學子來說，去超市購物，是件很奢侈的事，常人很難
　　理解。

· 第三十四封 ·

公民與百姓

小Wouang校友好！

你原本並無錯。不必自責。

國人60～70%在網上購物皆不確認，也無評價，這也並沒有錯。

系統會自動確認（大約十五天）、自動好評。你還是並沒有犯錯的老百姓。

我覺得你是優秀學子，又是國家將來的棟樑之才，可能對你期待更高點而已。

如果我們已經吃了商家的、已經用了商家的東西，順手早點確認、早點評價，應該是法制、自由、民主、和諧社會公民應該做到的。這時你是公民而已經不是百姓了。你很可能是國家精英。這就是自己早早確認與系統自動確認的區別。

特別是小微企業，你確認那一刻，貨款在扣掉稅收與服務費的前提下，即刻到其賬！早點到賬幾天，對商家是公平的、合理的、也是良性循環。何況你母親就是做生意的（如果也做電商的話），貨款能及時到賬，這對她太重要了。

我自己做人做事總要想著對方，這樣對方得到好處，會持久與你打交道的。你的人脈就好。也許我做得並不是太好。

當然，你與我情況稍微有異。

是我在後面為你下單，由於養成了及時確認的習慣，在你忙而無法確認時，要猜測之，要儘早確認評價之。

我本想你高考取勝後而能見面時，稍微提醒一下。沒想到提前說出，讓你有點壓力，萬萬不必如此。小事一樁也。

一定記著，無論親人、親戚、同學、朋友、同事、甚至戀人與單戀者、崇拜者，為你下單時，皆不失禮貌為好。

你媽過年特忙，我略有微薄禮物賀年，她是收到後放在一起專門拍照給我，禮節很到位。我尊重之。我還開玩笑說：你才小學三年級文化，就能做汽車生意；如果高中畢業，肯定能做賣火車生意；如果大學畢業肯定能賣飛機！所有生意人通通倒下！

實際上方便麵確實不好吃。我是偶爾吃一下。你敢說實話，我特欣賞。我喜歡你純樸、真誠又敢講真話。

如果我是支助方，就趾高氣揚，天天愛聽馬屁精唱大戲，與古代或當今皇帝有何區別？

我為你下單的東西，惟電腦與幾件電器略費神，很多時候是手忙腳亂的，沒有細挑，不想在上面下功夫浪費時間而已。

真實情況，亦的確如之。還望諒之。

祝腳踏實地，前進！

校友李建國

二〇二一年三月二日下午於安康

·第三十五封·

不擬複讀

小Wouang校友好！

　　不擬複讀！

　　切記，不擬複讀！

　　所謂複讀，乃自己心裡首先敗了，臭棋！

　　國家可能要出臺政策，複讀者不得在國有高中複讀。[1]

　　另，對複讀者限制，已在有的省實驗之。

　　人生能有幾次搏！

　　劉伯承說過一句話：

　　狹路相遇勇者勝！

　　你要戰勝自己，才能高考發揮正常。

　　略有點滴起伏，即正常。

　　另外，我告訴你實話，不支持你複讀。哪怕你讀廣州廣東外語外貿大學英語專業（還包括越南語＋英語或印尼語＋英語）五年，還有中山大學牙醫五年、北京中醫藥大學中醫五年，我都無條件支持！

　　你自己眼界有限，應更開闊些。

　　我真的為你好。

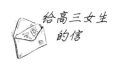

校友 **李建國**

二〇二一年三月七日下午

【附記】

（複讀）不要想！

特別女孩更不擬如此想！

因女孩生理不如男孩，本身即有起伏。如複讀之，身心壓力更大。對家長亦有壓力。

近來，你自己已不大掉頭髮了？最近可好？

注釋

〔1〕為我猜中。二〇二一年六月十六日重慶市教委出臺政策：禁止公辦學校普通高中招收復讀生，恐為較早的相關政策。

·第三十六封·
所謂去聯合國

小Wouang校友好！

你上星期欣賞一位網友而說的話，有截圖，我感覺較單純：

她比我大三歲，由於一直不適應國內應試教育，在高考那年她選擇休學，她的夢想是去聯合國，在休學的一年裡，她不斷努力，從各方集資，完成了去美國參加聯合國活動的階段性夢想。

我其實不贊同她的做法，上面圖片裡的話就是我跟她私信聊天時說的，但我真佩服她的勇氣和做事的毅力。

但我又擔心她以後的生活，聊天裡她提到二〇二〇年她去上了大學，但由於種種原因，她又休學了。

我覺得網上東西絕大多數是偽命題。假的、騙人的太多，望一定小心為好。

想就我知道的談談：**應聘**聯合國工作人員。

我們先把聯合國維和部隊軍人排除之。即使我國部隊想參加的話，你首先是軍人，還要參加諸多考試（起碼有英語等多門語言），因部隊這種流程有保密性，故不考量。

　　至於應聘聯合國工作人員，的確，聯合國是向全世界公開招聘的（就像美國所有大學、香港所有大學、臺灣所有大學或部分的招聘，即向全世界開放），但主要是向聯合國駐地北美地區的英語國家；退一步說，大陸一般網民是無法接受到這一資訊的。你的那位網友可能情況特殊。

　　然則高中剛考上大學而退學卻去考聯合國，這是不可能的，也是沒有應聘資格的。

　　我舉兩個例子。

　　一是臺灣現代詩人夏菁，他似是從臺灣應聘至聯合國的，不僅學歷很高，外語特別好，主要是以國際著名水土保持專家身分應聘聯合國的。我給你的課外閱讀教材中，特意編選了其代表作〈父親的皮箱〉，並有愚評語曰：此文已超越朱自清〈背影〉。

　　二是我從江蘇衛視「非誠勿擾」看到一位現住北京的男士，年齡較大，穩重而話不是太多，曾在聯合國工作過，是從美國讀書拿到博士學位後應聘聯合國財務運作部門的工作，除母語外還會兩種外語。雖掙錢多而不能解決婚姻找對象事而回國的，並在「非誠勿擾」牽手成功。主持人特意詢問他在聯合國工作經歷與回國工作情況，得到現場觀眾掌聲而印象較深。

　　即使你那位網友不退學，在大陸讀好大學的英語專業，或許會拿到本科畢業證，但英語能否真正過關，也很難說。我在西安外國語大學兼職上過課，英語系學生情況略微知道一點。二〇〇〇年前後，其校英語或法語系班上學生畢業時，有三分之二的學生拿不到英語或法語專業八級證書——外語專業學生是只考專業四

級、專業八級；非外語專業學生在大學本科期間是考非外語類四級與六級證書的。

聯合國工作語言是六種：漢語、阿拉伯語、英語、法語、俄語、西班牙語。

國內即使優秀的本科生，能應聘之，幾乎不可能。

因為，除了母語外，起碼能精通這六種語言的另外兩種！近期美國總統奧巴馬、川普起碼皆懂三種語言。奧巴馬大約是英語、葡萄牙語（或西班牙語）、拉丁語（或希臘語）。

你的那位相互交流的網友肯定沒說真話。

上網一定要小心，騙子多得把網快擠破矣。

或許，我高估了與你交流的網友，他／她壓根兒就不是去聯合國應聘，只是想去**參加一些活動**而已，但這有什麼意義呢？聯合國本部的大多數部門，就與美國國會、美國所有教堂、美國所有大學甚至臺灣所有大學一樣，都是對外開放的，可是誰能保證你抵達聯合國總部時的當天活動，主辦方是講漢語或英語的；如果講的是另外四種語言呢？你那位網友頃刻發傻！

你的幼稚天真，的確好玩。我特別喜歡。

你要真想學外語專業，的確是發揮你漢語好的優勢——學習任何外語皆為把母語翻譯為外語或把外語翻譯為母語。如果你又會上海話，可以給江澤民或董建華當翻譯；如果你又懂粵語就可以給金庸或董建華當翻譯——不要掌握八種，[1] 聯合國工作語言中之三四種即走偏天下也。如果再有一門專業，即可應聘聯合國！

校友李建國

二〇二一年三月十三日下午于西安

注釋

〔1〕該女生說如果她要學外語的話，下決心要掌握八種；我說：任
何學問之積累都是點點滴滴而循序漸進的，而委婉勸她把目標
先定為三種為好。因其英語已有甚好基礎，若讀大學外語本科
專業，起碼還要掌握不算英語的另外兩門外語。

· 第三十七封 ·

關於屈原

二〇二一年三月十八日答小Wouang[1]

練習作作，也不錯。要虛心。

屈原之類題目，有可能會出。

最關鍵是：

忠君愛國。

用之則顯，

不用則藏，

甚至以死報國。

屈原或《楚辭》，

你會背誦一些不？

儘量背誦一些，到時好用之。

此類文章皆可用之。

另，把屈原作為高考作文主題，似不可能，因其侍奉君主楚懷王，乃昏君。若如之，即有影射當朝之嫌疑。

把屈原作為論據，恐會有可能也。

李建國

二〇二一年三月十八日

給高三女生
的信

注釋

〔1〕該高中語文老師前兩天占用高三學生晚自習寶貴時間，而大講
　　 屈原，學生很反感她出的作文題，愚乃略作解釋。

〔宋〕朱熹集注《楚辭》，乃其重要版本。

·第三十八封·

朱鎔基總理與龍永圖英語口語特好

小Wouang校友好！

　　你到了關鍵時刻，不敢打擾之。

　　望繼續努力加油！

　　又給你寄了本英語書，可能你會喜歡。[1]

　　朱鎔基總理上長沙湖南省立一中時，內中許多名篇皆能背誦；[2] 其與WTO代表最後談判時親自上陣；英語口語特別好。國人今天所享受的雙休日，即源於此次談判（成果）。以前之談判，中方主要代表是龍永圖。他英語是從貴陽師範學院學到的。進京後似乎膽小又不敢開口。有一次在故宮裡看到兩位外國鬼子吵架而互相罵人，卻聽懂了，並增加信心；因其老師有兩位復旦大學畢業的，使其英語地道而純正。龍氏英語口語亦好，卻是一次外賓活動原翻譯感冒因外事紀律不能出席，他臨時頂替的。這次外交活動中方領導本身懂英語而看中他。後來龍氏參加WTO談判每年竟然要出國幾十次。最關鍵的是，他英語能與對方對罵，非常棒。連連使其談判有實質進展。

　　這是收拾舊書時發現的。估計明後天到達。

　　我們清明前後回平利掛清、掃墓，用去一些時間。來回從安康經過，但皆未停，還從安康新城育才路西口與衛校門口過。

即頌

前程遠大！

采詩

二〇〇一年四月八日上午

注釋

〔1〕華江編譯《英語名篇佳作一百篇背誦手冊》（含三合磁帶），
學苑出版社二〇〇三年版，定價十五元。

〔2〕張立〈朱鎔基中學時代：能背誦圓周率到一百位的沉默少年〉
云：朱鎔基一九四四年先入湖南私立楚怡中學高中機械班，還
曾上過湖南名校廣益中學（今湖南師大附中），一九四六年在
湖南省立第一中學就讀，隨後考入清華大學。（湖南日報二〇
一七年七月三日）坊間誤為三中，乃正之。

·第三十九封·

首次看到衝刺模擬考試成績[1]

小Wouang校友好！

晚上陪一位上海來的朋友，剛回家。我很少應酬，除非老朋友。

看到你幾次考試進步大，甚慰。特別為你高興。

你自己有目標，有勇氣，有自信，有實力。——即有成功的資本。

望能繼續跟上節奏。

跟上，即是最大進步！

采詩

二〇二一年四月十日夜

四月十一日白天，介紹澎湃網

對談｜〈數學家丘成桐的人生經歷與勵志故事〉

阮玄墨／整理

二〇二一年四月七日　來源：澎湃新聞

給高三女生
的信

注釋

〔1〕英語、語文班上第一,物理班上第三,數學、生物發揮不是太好,總分不是太理想(即沒上六百分,也就是沒有高出二○二○年一本線一五○分)。

【說明】

再忙,夜裡都要回復之,給單獨在安康新城安康高級中學校對門出租房內努力拼搏的學子一句鼓勵,亦好。其出租房,我並沒有去過,但大體方位知道。因經濟原因,她是與一位旬陽縣女生合租的。有時偶爾深夜通電話,我皆悄聲問之,室友睡了沒有?

192   ・第三十九封・

·第四十封·

復旦大學、上海交通大學對基層農村學子傾斜優惠降分提前錄取之填報

小Wouang校友好！

　　淩晨能交流，很高興。為此，我二點才睡，又為你翻閱《不列顛簡明百科全書》。六點半醒來的。

　　沒想到你會選擇外語專業，理科生選外語專業是占優勢的，你肯定將來學習成績遠在文科生之上。你能如此選擇，應該是你的福氣，我的確也為你高興。

　　當然，能上上海外國語大學學習任何一種外語專業都非常了不起。因吾省學生每年能考上此校的名額甚少！

　　你站得高看得遠有志氣，為你點贊！

　　你提供的語種，我感覺排序如下較好：

　　1.波蘭語。畢竟是歐洲語種，應首選。你自己本身英語基礎好，大學第二外語如能選擇德語或法語，就能走遍歐洲！

　　2.波斯語。是現代波斯語。主要方向是伊朗等國。如學習有成，日後在外交、經貿、大學教學等，皆前途不可限量。因上海外國語大學此專業，在全國排第三，僅次於北京外語大學、北京第二外語大學。

　　3.阿拉伯語。上海外國語大學此專業在全國也很猛。此語種

最難學。日後在外交、外貿、大學教學科研等，皆前途甚好。

4.亞洲的朝鮮語（韓國或朝鮮）、印尼語。

我為你備課就翻閱過中山大學、廣州廣東外語外貿大學五年制外語專業計畫，有英語加越南語、英語加印尼語專業。特別想向你推薦。因此話題太敏感，想稍後再說為好，沒想到就提前說了，真好。

另外，上海外國語大學並不比廣州差。

另一層意思是，為你推薦中山大學、廣州廣東外語外貿大學還有上外，它們每個系，除了國家獎學金外，還有系裡特設講學金，根據你學習狀態與家庭條件還可以再爭取，而且有機會！

這些仍是小語種，也非常好。

1、2、3、4皆為小語種。上大學你有優勢，因為，任何人都是零。

5.日語。

現在我把日語修正一下而排在後邊。[1]我主要感覺全國有的地區好中學有的學生，就是以日語參加高考的，恐怕比你基礎好。你畢竟是零。懂日語的人也較多，它雖也是小語種，但改革開放這些年也算較大語種了，何況上海與日本關係更近。

然則長遠看，仍好。如能有成就，再在日本深造，沒准還可以介紹日本我朋友給你。

6.英語。

雖然培養方向是教育，但以後情況很難說。還有上碩士、博士的可能。

只要自己努力，事在人為！

其他語種俄語等，沒意思。

如果喜歡俄羅斯文學，也可以選俄語。□□□□後，可能俄國會好點吧？

我最喜歡的是波蘭華沙。這座城市美！華人在波蘭亦多。在歐洲也有文化沉澱。它又加入了歐盟。將來能在波蘭留學、訪學、旅遊，都是人生美事。

以上僅供參考，最終要你選擇決定，因為沒人能替代你學習背誦單詞的。

祝心想事成，並成功！

采詩

二○二一年四月十八日早上急就

注釋

〔1〕凌晨通電話，交流很長時間，主要是復旦大學、上海交通大學一些限定的外語專業向貧困地區基層優秀學子傾斜錄取的摸底填表；其外語語種都是一般青年學子不甚了解或不愛學的現代波斯語、俄語與朝鮮語；歐洲語文僅有波蘭語一項選擇。我把各個語種優劣都簡單地談了談。為了條理更清楚，這裡，又以文字書信呈之。此更嚴謹，讓她以此為好。

·第四十一封·

溫家寶總理的功勞

小Wouang校友好！

昨夜未睡好，上午工作乏力，故手中活停下，又給你寄了一小件快遞：

一、雲南黑咖啡一盒，無糖。希望你喜歡。

二、海南純椰子粉一桶，沒有加糖，是原味，不是太甜。安康熱，此品可解暑亦解熱，這是為你選電器的吾友在海南為我推薦的。我自己喝，還好；買多了與君分享。真不知你喜歡否？

三、日本進口牙膏一支。我自己買多了而常用的一款，感覺比美國的好，更適合亞洲人，也是願與校友分享。

這些俱無什麼深意，只是對你的鼓勵。

希望你喜歡。如不喜歡可以送姐弟或同學。

因我在西安外國語大學兼職帶過課。知道這是小語種提前錄取的一種方式；其意義較重要。同時也說明母校好，能有此選項。當然更重要的是你的努力，有此資格！

至於溫家寶總理在任時就立項向（農村基層）貧困生傾斜而降分錄取的政策與意義，電話中提了一下，就不說了。

看到你進步，真為你鼓掌。

這樣好的大學，能降分給你，一定不要放棄！我們陝西省，

吾子高考那年，一分就是三千人！這是當年我親自查詢的結果。溫家寶之政策能持續之，校友亦能享用，真好。

你真有福氣！可能福氣降臨時，什麼也阻擋不住。

上封信忘說了，上海交通大學太猛了，比西安交大要好多了。

上海外國語大學沒有見到波蘭語專業（看到其他小語種波斯語、阿拉伯語、印尼語、朝鮮語、日語、俄語等文理科兼錄的說明），是上海交通大學的專業？如是，太好了！

我自己說話常常語無倫次，皆以文字為準。

快遞估計明天中午或下午到，仍寄放你指定的超市。

今年有一次，我到安康，路過之，專門把它望了一眼，好像在校門口東邊。但是你租房而回去的那個門口，我怎麼看，也不知是哪一個，笑。[1]

祝一切順利！

采詩

二〇二一年四月十八日上午

注釋

〔1〕是指她住出租屋大概方位，有一次送她到門口，我僅瞥過一眼；日後再從此經過，竟然忘記或不識。

給高三女生
的信

·第四十二封·

嚴耕望曾云，中學必須有一門課特別好，其他成績才能上去。越學而越有信心。

小Wouang校友好！

這是你二〇二一年四月十八日子夜所云：

關於報考專業，是敏感話題。除開外語專業外，她還想了其它專業，不過外語是首選，具體還是等高考後瞭解之，現在首要任務是好好衝數學。

這次安康中學模擬衝刺考試，她語文與英語都是班上第一。單科，年級前三十，物理，也是班上前三，但化學、生物、數學發揮不夠好，總分很平淡（是指沒有上六百分）。

這是我倆相識後，首次聽到你的具體成績，甚好。此話題特敏感，你能如此坦誠，是對我的信任、更是你的自信。

最後衝刺階段，念你之成績還會在上升通道中，應屬正常；亦應是你發奮努力之善果。

能認識你並看到你發狠努力，進步如此迅猛，值。

恐怕你某項單科成績躍馬為首，在年級中會有更突出表現。

——值得期待還是指日可待？

·第四十二封·

起初，我與你交流幾次語文話題後，就甚放心，而不願再囉嗦也。

因對你有信心之故。

嚴耕望曾云，中學必須有一門課特別好，其他成績才能上去。越學而越有信心。

嚴耕望是數學特別好；你是英語特別好。

——真好。

把大院士與你並列，怕是你日後的目標。

嚴耕望是百年來最了不起的大史學家。恐五十或百年內再難遇之。然則他刻苦學習的精神，會在君身上傳承之。

考得好，一定做人低調點；人生仿佛才開始，後面的路還長著呢。

你能把外語放首選，的確是對自己最好的判斷與定位。

——我非常欣賞。

通常，文科生選外語比不過理科生。

若能如之，咱倆相互溝通的話題亦多多。你學習方向與方法或讀書購書之建議，甚至撰寫論文之選題與架構，愚皆會傾其一生為學之苦樂，與君分享。

能把上海交大、上海外國語大學作為自己的目標，亦起點高遠。

近日，因你之故，又注意文匯報關於這兩所學校的正面報導。特別是關於英語公共課的報導。學校已在嚴格要求上有了新紀律、新方向。

這兩所大學固然好，同濟大學、華東理工（也在上海）、上海大學（地方大學，恐在外省招生指標少）也不錯。

為了好專業一定思路開闊點，我自己私下感覺上海周邊浙江大學、南京大學（德語）、寧波大學也有特色。無論在哪兒，沒有人能替你背誦單詞！反之，無論在哪兒，即使龍永圖上的較差大學——貴州師範學院英語系，他也要背誦單詞！

世上真的沒有絕對的好與絕對的壞。

不知你所說外語專業之後「其它專業」為何？

以我與你的交流，你這樣的特異人才，若能在牙醫（本、博約八九年）、中醫（本科五年加博，恐你八年即拿下）上發展，乃前途無量！關鍵是更多的國人會受到君之關愛。

你內心自由又感情細膩，沉穩而聰明；特別是恒口、大河人的察言觀色，一眼覽之即見分寸與底蘊，在在無人能及之；柔弱而堅毅，有追求又目標高遠。

一般來講，祖輩三代積德，才會誕生一位好醫生焉。

因為你英語文科理科皆平衡，沒有弱項。

特別是語文好將來讀古醫書沒問題（其他理科生反而遲鈍）；因為你英語好研究並參透西醫而反觀吾國中醫，乃更上層樓也。用刀子上手術臺若不喜歡，以上兩項可曾有過考量或隱約夢之？

若果沒有牙醫、中醫打算，就當我沒說。

采詩

二〇二一年四月二十四日夜

严耕望 著

治史三书

辽宁教育出版社

嚴耕望語，見於此書。

給高三女生
的信

·第四十三封·

「我馬上就是千萬富翁！」／惟有你自己年輕時的發狠努力，才是自己一生的福氣

小Wouang校友好！

你對我推薦的專業，恐理解不太準。

我絕沒有讓你掙大錢的想法，只是想著怎樣才能更好地發揮君之優勢，為社會服務，而盡其才。

每一位能進入重點大學的學生，無論過去如何，無論專業如何，只要學業有成，自己努力，進入吾國中產階級行列，應不是問題，也不需時間很久。

我自己寫書完全是文化傳承，是孔子所云，為了自己，從沒有想著掙錢掙大錢。若其還有文化價值，也是後來人的事，去經營之。曾有兩本書當時賣得還好，臺灣那邊有想法，我皆婉言謝之。只是忙著手頭還要寫的新書，以及為以後還要再寫的主題之準備，如斯而已。

其中之一即送你的《取個有意思的英文名字 中華文化名人英文名字六百家》（增訂本），已絕版，特有收藏價值。原打算（臺灣）如有退貨，寄給日本朋友一本，至今沒能如願。

咱們一個校友、我同班同學，高中而文革時其家（父）受整，在安康縣老城地委對門住，後來家裡人多而住不下，恰好我

一人住地委家屬院，在小北街，而收留他，晚上住吾處。當時我家裡兩間房，寬敞。

現在他住西安南稍門，離我最近，卻又是我最不願見到之人。

因銅臭味太重，每次見面就對我大叫：

「李建國，我馬上就是千萬富翁！」

越是這樣叫喊者，越是沒戲。即使有戲，其人品與認知世界之態度，恐皆非吾儕同類，又能怎樣？[1]

估計不會受到他人尊敬。

自己的人生只有自己去創造去走，沒人替代之。

但總要問自己從何來？為何而來？又往何處去？應對得起父母？應對得起社會，是為人。

君恐怕多一層意義，即爾父對么女之期待吧？只要常想想，人生會有意義存焉。

我父親不在了，常想一些父子之間的事，亦不敢深想，乃每天做好當下之事耳。

那位旬陽同學，你多次提及，是否咱們吃飯時我見過的。

大考前後，一定多請她與要好者吃飯，因同學知道你家裡經濟情況一般（實則爾母若一人的話，已為中產階級；她雖子女多，但個個都爭氣，此真了不起），若能大方點，她們會記住一輩子，你的好處，你的一頓飯。

前信似有一句話，恐未說準確。

自己設計而既定之人生，恐即才開始之人生、乃真正人生

給高三女生
的信

也。

　　父母養育我們，我們小，乃懵懵懂懂，非真正人生也。父母
未必能永遠陪伴我們。你自己選擇而堅定走的路，才是你的人
生。

　　我也並非你的福氣，只能幫你一程或二三程耳。社會病得很
重，只是想幫幫最基層的學子。

　　惟有你自己年輕時的發狠努力，才是自己一生的福氣。

　　你媽與班主任皆說你簡樸，最後一個月，一定吃好點，對得
住自己。

　　　　　　　　　　　　　　　　　　　　　　采詩
　　　　　　　　　　　　　二○二一年四月二十八日上午急就

注釋

〔1〕大陸數十年來所謂宣傳之最大失誤，即以追求錢多為人生終極
　　目標，實則非也。好像天天向年輕人叫喊世界首富、大陸首
　　富、臺灣首富、香港首富，你明天亦即可實現之。
　　錢穆對人生追求之終極目標有過論述，並非經濟指標、非錢
　　也。
　　愚以為，和諧社會實可分兩大類：以追求盈利為一目標；以治
　　理國家替民服務為一目標。後者公務員，特別不能以掙錢多少
　　為目標，否則乃與民爭利，或締造貪官也；且遭前人之痛斥。
　　唐人姚崇〈遺令誡子孫文〉：「古人云：富貴者，人之怨也。
　　貴則神忌其滿，人惡其上；富則鬼瞰其室，虜利其財。」
　　（《全唐文新編》四冊，吉林文史出版社二○○○年十二月，

第二三六二頁）其開篇即警策，能終卷而更啓發人。姚崇，是大唐盛世之著名宰相。

我讀《全上古三代秦漢三國六朝文》，發現一個有趣現象：三國以後〈戒子〉、〈家戒〉、〈誡諸子〉、〈誡子孫〉等書信，皆為達官顯要所寫，或並不希望子孫富貴；或有舉蕭何之例，子孫數代亦不可能再富貴也；能平安康健，即足矣。

我以為：人，收入能小康、生活若中等或略低即可；萬萬不可富貴，亦為古代名仕一貫認為大可不必或鄙視之。

想想吾省前賢李二曲，是諸理學大家中最赤貧者，然則他在江南講學、關中書院講學時，皆為百年來未有之盛況，皆有以本分接受束脩之可能（富貴），而一概卻之；因其母離世後，他不願**獨享富貴**。的確值得人深思之。愚〈李二曲與慎獨〉曾云：

二曲先生無論「饑寒坎壈，動與死鄰」時，或名聞朝野，聲震八荒時，堅辭禮金，慎之又慎。（四十五歲時）江南講學畢，當地鎮將、學博感念先生闡明絕學，大有造於地方、各具禮幣展謝。先生概卻。未嘗納一錢一物歸秦。眾引「交以道，接以禮，雖孔子以受」為言，先生笑曰：「僕非孔子，況孔子家法，吾人不效者多矣，豈可偏效其取材一事？」眾卒不能強。（《二曲集》，第 658 頁）

二曲先生四十七歲時，講學於關中書院，畢，撫軍贈金數鎰，往返再四，亦固辭。

二曲先生《答阿撫台》曰：「承饋金數鎰，惠恤良至。僕壁謝再四，非敢矯情，實以辭受一節，乃人生操履所關，若隨來隨受，則生平掃地矣。且明公加意於僕者，以僕能安貧也；安貧而受金，則僕之安貧何在？以故不避方命之嫌，仍用返壁，萬惟垂察是幸。」（《二曲集》，第 166 頁）《答建威將軍》：「僕生平百不逮人，惟於辭受之節，頗知自慎，若並此一失，將軍亦何取於僕耶？」（《二曲集》，第 172 頁）

采詩《書房洶洶——從李二曲到唐德剛》，白象文化事業有限公司二〇一八年七月，第一四八頁

現今，以大中華圈之環境與其相比，勝於二曲先生之當年，乃數十倍也！人，肯定餓不死亦窮不死；只有吃得太好而撐死，或被氣死。

二曲先生完全可以富貴，則卻之；二曲先生赤貧一生，卻活了七十九歲。

唐朝大文豪中，其起與伏、行與守，愚甚欣賞的白居易，曾在〈續座右銘並序〉中曰：

崔子玉座右銘，余竊慕之。雖未能盡行，常書屋壁。然其間似有未盡者，因續為座右銘云：
勿慕貴與富，勿憂賤與貧。
自問道何如，貴賤安足云。
聞毀勿戚戚，聞譽勿欣欣。
自顧行如何，毀譽安足論。
無以意傲物，以遠辱於人。
無以色求事，以自重其身。
遊與邪分歧，居與正為鄰。
於中有取捨，此外無疎親。
修外以及內，靜養和與真。
養內不遺外，動率義與仁。
千里始足下，高山起微塵。
吾道亦如此，行之貴日新。
不敢規他人，聊自書諸紳。
終身且自勖，身歿貽後昆。
後皆苟反是，非我之子孫。

（《全唐文新編》十一冊，吉林文史出版社二〇〇〇年十二月，第七六五一頁）

·第四十四封·

你財務控制力的確有點弱／我們大家都幫不了你，只有你自己能振作、能超越、能昇華、能拼搏，能發生質的量變！

小Wouang校友好！

您好，這次可能又要麻煩您了（歎氣）。

昨天母親節，我給我媽在網上買了件防曬衣，然後發現卡裡沒錢了。如果這個週就跟我媽再要生活費，我媽肯定要說我不該給她買衣服啥的，所以我得下個週再跟她說卡裡沒錢了。這個週可能需要您接濟一下。

哎，我暑假就去做家教，打臨時工，不想再勞煩我媽，她每天也太辛苦了，感覺她為了我們捨棄了自己的生活。

還是希望最後時刻你能集中精力與注意力，自己要堅持努力，最後戰勝自己。

我們大家都幫不了你，只有你自己能振作、能超越、能昇華、能拼搏，能發生質的量變！

你財務狀況這麼差？四月二十七日給你××元生活補貼，本想夠你最後一個月的，居然不夠？

你這次要錢理由並不充分，但我現在不想批評你。

你財務控制力的確有點弱。

自己的言與行，特別是後者，即是自己生命的軌跡。

我們提前介入，考量你，也有一定道理，也有一個經濟指標，你馬上就越線了。否定你，我感覺特別可惜。你考完試後，我會給你一個賬單，即二〇二〇年十月二十五日認識你以後我自願幫你的明細帳，望不要有壓力，別多想；的確是我真心想幫你又是自願的。

如否定了你，花費的錢，並不可惜，我們都能憑藉自己勞動再去掙；可惜的是為你花費的心血。

這麼長時間了，老是念想著你的進步，也費時而思考怎樣幫你進步，還要與你班主任與你母親溝通並讓其認可，還要防著你同學的羨慕或嫉妒。終究，也的確看到了你的進步，這是我最高興的。

希望能把控自己，堅持到最後勝利。這是我們與你家人與同學、老師，真正想看到的你最大最好的進步。

你們班上情況我也不想多瞭解，但和陳老師是連線的。

你媽情況知道甚多，她母親節還專程看望自己母親，也就是你姥姥。她微信在我們圈內，我幾乎每次為她點贊。

防曬服，如你與我商量一下，就不會花此冤枉錢。剛好我上海朋友給我寄了兩件，有一件特別小，純白色（男女皆可用），愛迪達的。為了弄清朋友到底花費多錢，我專門上網查了一下。朋友對我們的好處，有機會的話總要還回去。

現在能告訴你的，給你存的一筆錢，二〇二一至二〇二二學年的學費，我不敢動，是期待你好成績與理想結果後的重要幫助。希望最火熱的夏季我倆都能兌現自己的諾言。

　　我微信裡的錢只有一點點，你用著吧。

　　我自己財務狀況也不好，這幾個月都是別的大開支所致。還有親戚朋友五一假期的應酬。

　　但無論如何還是你優先。

　　假期，你也不要去帶家教，我可能還有事，要讓你做，到時與你再商量。

　　我也很想去大河你老家還有恆口看看。

　　我新書書稿可能要在最近完成，咱們一起加油。

　　一定屏住氣，堅持再堅持！

　　安康中學好像要放假？

校友李建國

二〇二一年五月十日下午[1]

注釋

〔1〕此信發出時所寫月份落款有誤：根據上下兩封判斷，實則是五月，正之。

· 第四十五封 ·

I'm not the drawable funds[1]

Dear alumna:

Benjamin Franklin（1706-1790）once said:

「Greed and happiness never saw each other, how can they become acquainted?」

He said again:

「To save sporadic expenses；A small leak will sink a big ship.」

I'm not the drawable funds and[2] I'm only an alumnus of Ankang middle school of the class of 1973.

I wrote this letter very hastily and My English is not that good.

Please don't laugh at me（or hate for it）if I can't do it well.

Yours sincerely,

Tsai Shih / 采詩

04 / 10 / 2021

at midnight

注釋

〔1〕此信是愚一部書要交稿即二○二一年五月十二日前心情焦慮時
　　　所寫，最終未能寄出，怕影響該學生高考時情緒。
　　　當然也從另一方面反映真心幫她，亦甚難：主要是費神。什麼
　　　話敢說，什麼話不宜說，或事過之後再說。這種拿捏，乃費神
　　　也。
　　　同時也說明自己人性非善一面的真實波動。
　　　吾師弟王曉勇博士曾給我發過一個帖子：「有一天你會明白，
　　　善良比聰明更難；聰明是一種天賦，而善良是一種選擇。」
〔2〕愚英文很爛，即不知用哪個辭更好：the drawable funds or a bank
　　　teller.

·第四十六封·

朱乃正色

小Wouang校友好！

這是你五月十日子夜所寫：

晚上好！

我覺得您教訓得對，我接受批評。

我確實沒有什麼財務管理能力，極度缺乏常識。最近最大的開銷，是為了置辦夏天東西。以前沒怎麼自己買過的生活用品，上個週在網上搜才知道原來風扇這麼貴，涼席也貴，但又不想耽誤太多時間，就花了很多冤枉錢，現在很後悔！

缺乏常識是我成長到現在一大遺憾，從小就缺乏生活經驗，以後我會觀察摸索，逐漸補齊這塊短板！

再說，這溫度也太可怕了，教室七十多個人也不開空調，窒息。

另外，我們最近還在強化訓練，估計六月才會放假。私下認為這樣的安排極不合理，我沒有自己整理反思的時間，每天累得不行還沒什麼收穫。

說來真怪，上一封信寫完後，居然用英語給你寫了封信，但只能稍後呈之。[1]

　　我英語特別爛，幾十年不碰已無以閱讀——好像是惟一拼湊出的一封，心情差時所寫。但中文許多地方無法表達者，另一思維，恐原始思維或母語思維不能及之時而它能及之。高行健（二〇〇〇年獲諾貝爾文學獎）能自由地用法語、中文寫作，文字皆優美。的確讓人羨慕！他以中文寫的《靈山》確實好，是一種若隱若現散文詩式的小說，國人以前乃未之有。與莫言非一個方向也。高行健的畫，比莫言的書法，要好得多。高氏畫畫，要長時間地放古典音樂，才能進入靈感來襲之狀態，畫一幅需要很久長的日子，比打仗都難，其藝術品悉非速成之作，其嚴肅認真的態度，比莫言左手寫字賣大價錢，更負責任。

　　給你寫一封信，好難。並不是寫作難，是怕影響你的節奏與情緒，不敢把話說完，留著以後再說——累不累呀？

　　故給你寫一封信，我的生活起居要有幾天才能恢復到正常軌道上。

　　但又看著你是一直衝鋒陷陣的唐吉訶德（好像比其聰明），甚欣慰矣。

　　去年好像你說過出租屋有空調，難道不製冷？

　　不敢用風扇對著吹；教室七八十個安康地區未來之精英，居然沒有空調？

　　還望堅持住，按照學校節奏走吧。恐自有其道理。放早了，是否放羊了？

　　放假大考前幾天，一定把自己節奏調整好，略放慢點，休息好，一定規律；多把思緒捋一捋，不要再加壓，關鍵是放鬆而放鬆。——這是成功學子的經驗之談。

　　當然個人情況不同，你好好把握。

　　關鍵那兩天，千萬不要睡過頭，出現失誤——別把發給班主任的短信再錯發到我手機上，笑。

　　生活補貼最後這一個月的兩次數字加在一起，是六六大順。

　　就像去年有一次幫你選衣服，你說要黑色、白色的；我們大人，豈敢？你畢竟是高考生，得講究吉祥色。孔子曰：惡紫之奪朱也（紫色奪取了大紅色的光彩與地位，可憎惡！）〔2〕故給你選的是大紅色。古代漢語所謂朱，才是大紅色；紅，是粉紅；故，朱乃正色也！〔3〕

校友 李建國
二〇二一年五月十一日上午于西安

注釋
〔1〕此信未能最後呈之，主要感覺負面影響與自己英語太爛。
〔2〕《論語・陽貨篇第十七》：子曰：「惡紫之奪朱也，惡鄭聲之亂雅樂也，惡利口之覆邦家者。」
　　朱，正色。紫，間色。當時以紫衣為君服，可見時尚。
　　雅樂，正音。鄭聲，淫聲也。
　　利口，佞也。以是為非，以非為是，以賢為不肖，以不肖為賢，人君悅而信之，可以傾覆敗亡其國家。
　　孔子告顏淵「放鄭聲，遠佞人」，則惡紫乃喻辭。孔子惡鄉願，為其亂德。

白話試譯：

先生說：「我厭惡紫色奪取了朱色，厭惡鄭聲擾亂了雅樂，厭惡利口傾覆了國家。」

（參見錢穆《論語新解》）

〔3〕去年冬天最寒冷的日子，為其女生選衣服，的確是她沒買衣服時間；她並告訴我由她付錢，僅僅是幫忙而已。但那些天我在安康停留僅數日，感覺到甚寒冷，趕快趕到家裡有暖氣的西安，並謝絕她的錢。是特請學校同事，兩人一起在西安輕工批發市場專門賣衣服處，為之又選擇的，而快遞寄上。

· 第四十七封 ·

夏天就是你的圖騰（Summer is your totem）

小Wouang校友好！

　　二〇二一年五月十六日，她復信內容甚多。主要是班上學生多的情況。班上沒有空調。還有其出租房亦熱，只能等到六月份再開空調。

　　最後這十幾天由於主要由自己安排作息時間，自習時間多了，她終於可以施行心目中真正的學習計畫，並傳過來日程表。

　　上午重點是閱讀和記誦，下午重點是做題和整理，保證睡眠同時，效率明顯提高很多。

　　週一、週四、週末去隔壁安康學院老校區跑步；並把安康學院老校區大操場作為鍛煉的理想之地。

　　因為第一次到安康中學報名時，她走錯路，迷迷糊糊晃進了安康學院校內，甚至感慨：不愧是安康地區最好高中，校園真大！

　　這次又拍下雨後校園操場美景，發給我。是剛偷偷溜進安康學院拍的（疫情期間門衛管理嚴格，不大容易進出）。

　　並感慨安康這醉人的氣候。

　　中午她淋著雨回來，一個午覺醒來，天居然晴了！醒來時，

不可思議：天好像藍得耀眼，真得特舒服。

　　其性格的變化，跟季節有著說不清的聯繫，這點她自己都感覺到了。

　　每年夏天，她都感覺生命的氣息充滿活力，仿佛從其毛孔裡、骨髓裡散發出來或鑽出來。

　　記得前幾天晚自習上到十一點四十分，她從教室出來。此刻，街上行人很少，校門口賣小吃的商販都要收攤了。她邊走邊聽著他們的絮語在其耳邊越來越遠，然後猛然抬起頭，她發現頭頂一輪圓圓的月亮，把安康新城育才路每一顆樹耀得仿佛要燒起來了；她當時就覺得，如果火焰不是紅色，那就應該是綠色，是那種正茁壯生長的樹之葉片在夏日正午陽光照耀下的綠色。當時其全身有一種震驚和戰慄的幸福感。

　　她往往傾心於狹隘生活中的這些細枝末節，並知道這種微妙力量很強大。如果能納天地之精華於考試學習上，那其分數應該會漲一些。奈何天地精神，總跟考試學習產生不了共鳴，但起碼能在生活中發現很多驚喜，也算活得更有情趣了些吧？

　　而且每到夏天她都挺自信挺積極，打心底裡要成為更牛逼的人物！

　　聽說好大學大一就要考四六級，她安排了六級單詞背誦，竟然發現大部分四級單詞全能認。

　　她很努力地在學理綜，理綜成績就是不見漲，反而其高三沒咋聽過英語課，英語每次班裡考試不是第一就是第二，真的滑稽。不過據說高考理綜題沒有平時模擬卷難，對此她還是挺自信

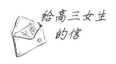

的。

　　我把去年去陝西理工大學母校捐贈書的證書與照片發過去兩張，得到其讚揚。又把莫言語錄轉發幾條，得到其批評。

　　這兩天事多，遲複為歉。

　　你精神狀態很好，故無需叨擾。

　　夏天就是你的圖騰（Summer is your totem）。你精神飽滿，似乎無以不克。

　　高考即在眼前，小勝看來穩穩的，而大勝則在天。

　　所謂大勝，我覺得當是人一生的持續努力而奮鬥成功吧。關鍵不能偏離既定道路。

　　你對莫言語錄看法甚對，只是那天我看了他在北京大學一次演講，又提到塞萬提斯，還有其他重要內容，感覺好，而此文過長而怕影響你，便隨手轉發之。你心態正確：有取捨，知是非，甚好。

　　你另有作息時間表，亦好，仿佛想到我上大學也是如此的一些情景。

　　我這邊可以報告者：

　　已接種第一劑新冠疫苗，是安徽智飛的。此疫苗要打三次。

　　我新書稿剛交稿，約十八萬字。此前較有壓力或有焦慮感。原本要努力至百分之百，恐考慮身體與其他原因，僅努力至百分之九十而已。後續還有排版、校對、封面設計等瑣碎細緻之事，皆想把它控制在年內或越年出版皆可。另，在版式允許範圍內略

增一點關鍵文字，補充之。當然還在讀嚴耕望，以之審視拙作的一些論點能否站住腳。不過有一點可以肯定，大數學家邱成桐說：智能與計算機可以從很多方面替代人、戰勝人，但發問、人之選題，無以替代。如之而稍稍安心。

不算舊作，大概集中精力前後歷三年發狠努力，寫了三十二篇關於歷史地理論文隨筆或與嚴耕望生平相關的文章。然則有一篇宋代與平利女媧山相關的文章，前後用力竟達十年之久。

這樣可以稍作調整，再繼續研讀與寫作。我們也可回平利休息。

若有急事可給我打電話，我再複之。

即頌

沉穩而積極應戰！

李建國

二〇二一年五月二十日下午

·第四十八封·

大考完後，對其成績要客觀分析[1]

小Wouang校友好！

我印象裡：你總覺得數學考得不理想，不是太精神？

實則不必。總體上你已考出了自己的優勢，肯定分數下來會不錯的。如略不如人意，宏觀總體情況皆如此，你的分，還是很優秀的！

那天你考完，我講了一大通（沒能聽你多說幾句，甚憾），那些都是真心話，是把你真的當成校友或晚輩。也僅供參考。

起碼你能聽到反面或不同意見。你要到各大城市稍微走走，就知道美國「星巴克」（咖啡連鎖店）如何受歡迎；特異的麵包房，還甚少，也有固定的高端消費人群。

最終你選擇什麼學校什麼專業，都支持你。

真希望你走的平穩、踏實、高遠。

咱們並沒有細談你的第一志願。

你選擇外語甚好，我感覺適合你。

未來，你肯定會拿下幾門外語，再加上中文好，會是出色優秀的外語人才！

第一、首先選擇冷門的小語種，甚好。如德語、法語、西班牙語、葡萄牙語、現代希伯來語（以色列語）、波蘭語、現代波

斯語、阿拉伯語、日語等。

　　復旦、上海交通大學如能傾斜錄取你，亦再好不過了。我傾向上海交通大學。

　　第二、我推薦的中山大學外語學院、廣州廣東外語外貿大學，好像有五年制英語加越南語、五年制英語加印尼語，也非常不錯。特別是英語加越南語，看你是否喜歡，前景特好。越南近幾年經濟增速讓世界震驚，又有美國友誼，肯定會更好。你要能到廣東又會多學當地方言——粵語，即將來可以給孫中山、董建華、金庸類人物當翻譯。

　　粵語難度較上海話（吳語）難度更大，也具有挑戰意義。這條路特現實。咱們國家近代以來，恐只有一位大史學家邵循正，懂數門外語，能深入研究越南古代史。拙作《取個有意思的英文名字 中華文化名人英文名字六百家》（增訂本）第三〇三頁收有他，供參考[2]。若要深度認知越南，還要習法語，它曾是法國殖民地；當然要懂漢語更好，這是你先天所賜。因越南部分地區漢唐時，皆屬於我國，甚至唐代開放體制，竟有越南籍學子，當過大唐副宰相！

　　當然，我私下意思，五年制肯定也比四年制更好。（工作後）起點工資高，再讀研比四年制沾便宜。

　　我也願意為你出五年學費（原擬訂為四年）。還是咱們說好的數字，每年如之。

　　你這樣刻苦、優秀，幫你，我覺得值。

　　第三、寧波大學、廣東醫科大學（在湛江，廣東不管在哪裡

皆非常好）、蘇州大學、江南大學（無錫）、南京大學或南京重點大學、武漢大學的小語種。

第四、英語或日語專業。起碼是文革前八大外語學院（如北外、上外、西安外國語大學等）或成都國家重點外語大學、重慶西南大學、武漢大學英語或日語專業。

假期除了填志願費心費時，望一定珍惜時間，好好再背誦一些英語演講之經典。另就是通讀一遍《紅樓夢》，對提高中文及間接體驗人生意義存焉。

不要急著去掙錢。將來有你掙錢的大好時間，恐怕是一輩子吧？

人生最寶貴的是時間。

望不要熬夜，早點睡。魯迅就是常年熬夜而短命的；這是我讀《魯迅全集》的一點感想。

前一段你拼那是沒辦法。那是你想改變身處基層現狀的鏖戰、那是你想獲取優秀教育資源的最後一搏、那是你向命運之神的挑戰。

現在一定一切正常為好；即使讀大學後亦要有張有弛才對。

另外，我想與你分享上海人與廣東人如何？

上海人，我朋友一打電話，就說他們上海人每個家庭平均資產即一千萬，因每套房子就值這麼多錢。他們從骨子裡還是瞧不起外地人的。

廣東人，總罵我們北方人，叫「北佬」；但你有本事能搵錢，起碼尊重你，並通過你而為其搵更多錢。廣東開放更早，我

感覺他們更持開放態度為多。何況廣東與亞洲四小龍已經濟持平，也是近十年最歡迎移民與外來人員的。

從包玉剛全款興建的寧波大學與李嘉誠全款而全權支助的汕頭大學看，都是高校的一股清流。

剛入學第一年花費的錢特別多：

1.學費。2.住宿費。3.如軍訓，服裝費等。4.課本及參考書。我為你提供學費總數，還是勉強夠。好在手提電腦不用再花錢。

上次電話裡說過，你還要置辦到異地讀書的行李、行頭等，這也費錢。這些東西還望你提前開個單子，如我這有，你或許也能看上的，不嫌棄的，就擇優快遞或給你帶過去。班主任、你媽皆表揚你艱苦樸素，贊！上次你買涼席，你要與我通氣，就不會讓你花錢，我家裡有特好的，沒用過的。當然，一定先照相讓你審核相中再說。

你自己有個銀行卡嗎？讓你表哥把它與微信、支付寶聯通，並把漏洞一定關閉（我自己不會設計，都是請專家為我搞定）。

拉雜說這麼多，望別煩。

李建國

二〇二一年六月十一日

注釋
〔1〕分析高考成績分數如何，是指陝西省招生辦於六月二十五日十二點以後放榜之前這段日子。此乃高考學子最焦慮而難熬的日子，故硬找些話題。

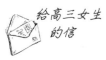

給高三女生
的信

〔2〕邵循正英文名：Shao Hsun-cheng， 著名史學家，西南聯合大學
歷史系教授。熟諳英語、法語，懂德語，稍通義大利語、俄
語，學過古波斯文、蒙古文，略知突厥文、女真文、滿文。代
表作為：《中法越南關係始末》、《中法戰爭》。見〔美〕費
正清 劉廣京編《劍橋中國晚清史 1800-1911 年》下卷，中國社
會科學出版社二〇一八年三月，第六八三至六八四頁。
從陳寅恪一九四五年十月四日與一九四六年二月十九日致傅斯
年信中得知，陳寅恪一九四五年秋應英國文化委員會之聘，與
洪謙、孫毓棠、沈有鼎、邵循正同赴英。邵循正任牛津大學訪
問教授，研究蒙古史，並到比利時布魯塞爾大學與魯汶大學作
短期講學。邵氏於一九四六年冬歸國，回清華大學任教。

・第四十八封・

· 第四十九封 ·

備課填志願／雖然大家最想看到的是高考成績，
這也固然重要，但比此更重要的，是你健康成
長，即人生之進步與成熟。

小Wouang校友好！

看到你長信，甚高興。

千萬別寫什麼感謝信之類的，俗氣又費神，關鍵是累。

較高級別與最高級別形容詞，我等還見的少嗎？

你只要努力了，即足矣！

雖然大家最想看到的是高考成績，這也固然重要，但比此更
重要的，是你健康成長，即人生之進步與成熟。

我感覺一定要客觀看待自己並看待高考。你自己說：

「數學涼涼，其他科目正常發揮。我現在擔心的是數學成績
影響我上六百分。」

先說數學。如果一兩道題難而未之解也，應是高考真諦。若
皆讓爾等答對，怎樣拉開學生高考分數距離，大學又怎樣錄取
之？如安康中學數學老師擬訂的試題就是真正高考之題，還要高
考命題專家——那可是全國最高級別命題專家團隊甚至可以動用
超級電腦擬題最後再由命題專家敲定的啊。

這肯定是公平的，對任何考生皆如之。大概只有1～5%的考

生能答出部分難題或全做對吧？

你還記得我給你傳過一份關於邱成桐的資料嗎？邱氏云：

中國十年左右要成為數學強國（大概意思）。

命題大方向是對的。數學題難，似情理之中。

另外，分析自己努力情況。我感覺你盡力了，也考出自己的優勢！

何以見得？

家長與我們大人真正放手讓你拼搏，不會天天詢問你的成績，因為我們信任你。

你只有兩次在衝刺階段主動談及具體成績。上六〇〇分那一次，就不說也罷。

二〇二一年四月十八日你主動彙報近日考試成績為：

「語文和英語都是班上第一，單科成績年級前三十名；物理也是班上前三；」

「但化學、生物、數學發揮不好，總分較平淡。」

如果數學高考不理想的話，考前我只見到兩次各門成績，高考如數學考好或不好的幾率即為50%。

然則，數學分數亦固然重要，但大考前，你化學、生物也有一次發揮不好。可是大考時，這兩門都發揮正常。若英語、語文等課皆發揮如願，成績未必不理想。

結論：從大考前兩次成績比勘高考，你自己應該發揮得夠好了！亦屬於考出乾坤考出優勢矣！

高考後我電話問你：會考到751分嗎？

你笑！

因為即使考749.5分的特異學子也會說：沒有考好。

這是所有一○七八萬考生的統一答卷，對嗎？

也許是大家太謙虛了。

你現在要準備的是：

第一、分數真的如願過600分或其上下；但也不宜驕傲，如果志願沒填好過於超前而走入所有考生皆想走之獨木橋，也有慘敗之可能。

一定做人低調，想己所想，知己知彼，不以己之所短比其所長，留有餘地。

第二、分數在550～590之間。

要能欣然接受。

只要報志願報得好，不與別人硬擠而擠破頭乃趨之獨木橋，未必不可以在最後多掙幾十分回來！

這當然要靠智慧與運氣。

你那樣聰明，經啟發點撥後，或請教專家而自己細細比對且冷靜理智乃取捨後，肯定會占60～70%之勝算，但運氣誰知道呢？惟有天知地知也。

然則只有從反向與正向思維中樣樣做比較，未必不可知也；雖盡知乃為神，但把人之本分、人之應作功課盡力做到做好，總會得到一定好報的。

當然，這些前提，皆應該建立在你的喜歡、方向、目標上。

即使你如願上到復旦，卻是人家錄取最後一名也是班裡尾

巴，做人就太累！反倒不如學校也是好學校好專業，也還較滿意，但我成績高出全班同學五十分。我是標杆我是領先者，最終分配考研乃拔頭籌也，爽！

我兒子低就後就走的後一條路，雖則憋屈，但惟一好處是就業時憑實力，比較順，我沒為此操心，也未花費一分錢——那可是貪官橫行之時呀。

他工作後有一次我到南方看望之，也僅為其出租屋買一台空調（頂房租）。他做金融而熟悉國際支付程式，需要幫忙時用其錢，也是日後還給他；但他從不給我伸手要錢。

故你一定要有目的重點翻看所能錄取學校的往年錄取最低最高分數資料，並能與心儀學校聯繫為好。

這也是一門高深的功課，提前備課並介入，知彼知己，知己知彼也。

關鍵點還在於：上不上六百分，也要看今年是大年或小年。即一本理科分數線終究是多少，這才是最關鍵的。

另外，分數確定後，一定把班主任陳老師請動，準備幾個重點諮詢，請它給出誠懇建議。你再下決心。

或母校還有此類高考填報志願之高手，需要讓我來出面請他／她，我一定動用自己人力資源，為你效力，如何？

需要時一定提前吩咐。

因為這十幾年沒有再操心這方面行情，怕不懂規則。但大方向，我會真心提出自己建議的。

你一考完我說了一通話，真沒把你當娃娃。

我感覺你只要比理科一本線高出一百分，就是成功！高出更多，乃夢想成真。

　　高考完，你即翻開人生最重要一頁，乃大人矣。

　　我們國家法定結婚年齡亞洲最高！若在印度，你已快入中年矣，笑笑笑。

校友 李建國

二〇二一年六月十五日夜

·第五十封·

希伯來語

小Wouang校友好！

與爾母第二次通話，甚好，你媽開明，才有家庭好氣氛。我見過的家長亦多，少遇如此明理之家長也。

提前批次錄取有兩項重要內容：

一、部隊，名額甚少，女生更少，體檢要求高。放棄之，即好。就是不去瞎折騰。如何？

二、國家公費師範生。

你自己考慮好。

願意去，也是一條路。

你媽也希望之。

工作這樣難找，保證基層工作六年，就是保證給你發十年工資（加上讀大學學費），也還不錯。以後連這樣崗位怕也難覓。

估計又分兩類。其一初中教師。其二小學全能教師（語、數、外）。你皆能勝任之。

如果走心，你委實不願意，有逆反心理，也罷。

主要是等待分數與選擇志願的過程煎熬人也。心靈壓力極大，受不了！

此等時節，如我要是屈原，也得跳汨羅江也；真是急煞人也

末哥！咱們陝西沒有此河，只能跳你們家門口之恒河也！然則那條河淺何以淹死人？趟過去也。魯迅或周作人好像說過：其家鄉婦女天天鬧著要跳河自殺，是在冬天，走到河邊，略往前走幾步，河水涼的森人，又走回來了！笑！

如果分數理想，真可一搏：

好消息來了：

廣州廣東外語外貿大學首次招收希伯來語種，這就是與以色列打交道的語種。

我也注意甚久，真是首次見到，沒想到你運氣如此之好！為何就讓你碰上？嫉妒啊。

英語要學好，得讀《聖經》，《聖經》要學好，就要知道希伯來民族了。以色列國民平均收入竟然比美國都富裕，好國家。前一段以巴戰爭更見識其高科技之超乎想像，贊！

它對英語分數要求甚高，你當然也是惟一符合的優勢。

我私下感覺，這個語種特好！而且其學校還有其他越南語（非常現實）、德語、法語等你喜歡之語種，也是大選項的多重選擇題（上海交通大學、復旦傾斜錄取是單項選擇，是人家選你，你處於被動地位）。該校又是國家六大外語類極其優秀學校！是否作為重點志願？有一份該校信息，傳給你。

如果作比較的話，應該比上海交通大學、復旦傾斜（農村基層）招你的專業要好！

另外，廣州疫情估計也會影響淺人報考之，但更是爾等千載難逢之機會。

這就是戰略眼光。

報志願也是一種鬥智過程。首先保密，不得洩露任何私密給任何人，包括其老師。

更要學會放棄。放棄後就簡單，簡單就可直奔主題。

注意上海交通大學、復旦（傾斜錄取）特別是廣州廣東外語外貿大學往年錄取最低最高分，仔細分析之可能性。

幸運之路似乎已開通。

校友李建國

二〇二一年六月十七日上午

大陸簡體字版《聖經》，南京愛德印刷有限公司一九八九年四月印刷
裝訂本。《聖經》亦為全世界發行最多的書；在世界各地皆為免費贈
送。然則在大陸還要花錢，當時大概花費了五十元。

這是蕭重聲老師當年贈送我的：陝西人民出版社一九八九年十一月版。

· 第五十一封 ·

你更適合筆譯、做研究、當大學教授！

小Wouang校友好！

還有兩句話想對你說，不必過於執著我們大學的綜合排名。

比如清華第一、北大第二。清華也有考古與歷史專業，但我感覺還是不如北京大學的歷史考古專業。北京大學歷史系一九四九年以後，出了一位中央研究院院士，惟一的，叫張廣達。他主要研究唐代歷史，即與其他國家的交通史，由於他英文、法文、俄文皆非常好，才能有此優勢研究唐代與他國的交通史。因為，此領域最優秀的漢學論文、專著，皆是以法文、英文、俄文發表的，無此功底就是瞎子。惜其張教授一九八九年後離國，主要在法國、日本、美國教學並做研究。所謂中央研究院院士，是臺灣中央研究院人文組民主投票評出來的。

另外，北大醫學院與汕頭大學醫學院也無法比較，前者百年以上歷史，後者僅一二十年歷史，怎麼比？而北大醫學院是以考取中國醫師資格證為惟一目的，而汕頭大學醫學院卻主要以考取美國醫師資格證為目標，是應該以美國標準評判其綜合排名嗎？

我的意思是城市、大學、專業，更應看中專業，不要計較學校、城市，不要被虛偽的小女生、小男生、校方喜歡的東西為自己的選擇。

比如你特別喜歡外語專業。

復旦大學、上海交通大學傾斜錄取，只要語種你喜歡，即可
考慮。

北京外國語大學、北二外，只要語種好，也可考慮。

但有件事要向你說真話：你以後可能不大適合做外交系統口
語翻譯，更適合筆譯、做研究、當大學教授！五百強企業的口語
翻譯，也還適合你。

我在西安外語學院教過好幾年書，外交部系統對男女生個子
有男／180公分、女／170公分的要求。給習大大作翻譯的男生個
子較矮，恐是特例，給歷屆總理當翻譯答記者問的那些翻譯，其
個子皆如此，也特優秀，並沒有過例外。

另外，北外、北二外與外交學院，望稍微慎重點選擇。

紅二代、外交子弟的牌子，肯定升遷機會更多，平民百姓子
女，即使你學得好，升遷之路畢竟往往被一票否決。

文革時期吾國外交部長喬冠華的子女，能做英國或歐洲某國
大使，是順茬；□□□女兒，早早就送到美國念書，一般百姓子
女，乃難以比勘。

我又仔細為你想了想：

一、北京師範大學、華東師範大學如有機會，當不應放棄。

二、中山大學有機會，不要放棄。

三、杭州浙江大學有機會，不要放棄。

四、武漢大學、西南大學有機會，不要放棄。

五、一定要對一些學校之專業說No，如國際貿易、工商管

理、經濟學等等。

　　我還是最看重廣州廣東外語外貿大學的希伯來語。

　　如果外語能讀五年，就多了半個碩士學位，當然好，起點高。英國碩士只讀一年，我們碩士有二年、三年的。

　　但你別在意別人建議。是你自己讀大學，在哪兒都要背誦單詞，——並不是在北京就比在上海、在廣州背誦的更多而更好！沒有人能替代你。

　　頌
心想事成！

校友李建國

二○二一年六月二十二日

給高三女生
的信

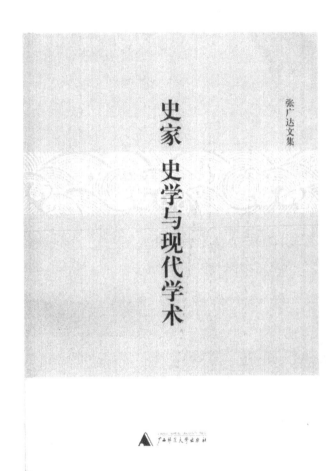

張廣達去國之後，在大陸出版的三部重要史學專著之一。

· 第五十二封 ·

你就像石川小百合唱的〈索蘭船歌（拉網小調）〉[1] 充滿激情

小Wouang校友好！

　　剛才電話裡我確有過激語言，很不對。[1]

　　主要是與你通話前剛打電話向你媽祝賀。你媽一說你頭天高考是淩晨三點才睡的，氣煞我也末哥！但與你媽是第二次通話，她能對生人說對不起你，很真誠，我又能說什麼？

　　把氣兒都發你那兒了。

　　我覺得你肯定會發揮好。一入六月就像進入巔峰狀態，從你文字中已經感覺勝利即在眼前。你就是最嘹亮的女高音，而且笑得真誠笑得甜美，是那種發自內心的喜悅。所以最後等分幾分鐘，你焦灼不安，我勸你只會更好，而且陝西省分數線會比去年低點。

　　言中了吧？

　　因為一葉乃知秋，一滴水亦能知大海也。

　　黴運擋不住，老天爺都在幫你；我更要幫你！

　　你們班上同學與閨蜜沒考好，我也想知道一二。但你一人已讓我投入諸多時間，老讓人惦念者，其他真乃精力不及也。

　　從此也看到你善良一面。

天佑善良！天佑你們母女，神助也。

我說的那些報志願、難找工作的話，僅作參考。

我兒子報志願，都沒能聽我的，我還能指望誰來聽我的或參考我之建議呢？

好為人師，是愚之大病。我也切記著，不宜執於此。但我最想說的，是真話，是想讓還未入世者知道社會負面的東西，不能光想著好的。

你選什麼專業，我都全力支持你，一定會有始有終。

咱們的事，與你班主任無關，不必再麻煩他。你說得對；我們組長也同意。

需要我做什麼，隨時吩咐。

東京奧運會開幕式歌曲，由石川小百合和玉置浩二演唱的〈索蘭船歌（拉網小調）〉，給你傳過去後，不知你感覺如何？我特別喜歡石川小百合的激情，特別像你。那嘹亮的高音，不僅僅是天籟，又氣貫長虹，亦充滿對生活的希望與甜蜜的微笑；咱們歌手楊坤的高音也不差，我大概聽過他幾首，並不全，也達不到其粉絲級，總感覺他沒有對生活甜美的微笑，只有苦之顫抖。

校友 李建國

二〇二一年六月二十四日晚上

·第五十二封·

注釋

〔1〕此歌曲是二○二○年六月十九日，我日本朋友又是同庚的張應華女士傳給我的，當時即言：此激情歌曲或因奧運取消、推遲而永遠聽不到了。

〔2〕我在電話裡狠狠地把該女生批評了一次，也是頭一次而最後一次。大約此次電話長達四五十分鐘，批評她的話非常重，竟然說了很長時間。因為當天才得知：她大考前一天晚上有一個大失誤，是夜裡三點多才上床睡覺的。若作息時間正常，她第一天大考的數學與語文課，應該發揮更好才對。然則值得慶幸者，是該女生並沒有任何失誤或發揮失常！基本上保持住參戰所應發揮的真實實力。該女生能吃苦耐勞的毅力，身體的韌性，以及不決一死戰不大獲全勝的志氣與果敢沉穩的行為，皆值得點讚。

· 第五十三封 ·

武漢大學咱們議過，我也特別欣賞

小Wouang校友好！

我早就猜到廈門大學了！[1]

武漢大學咱們也議過，我也特別欣賞。

所以沒敢再打擾之。因為：

My class is over.

是你上大學，更要尊重你。真心祝福通知書早早抵達恒口你家，望你隨時與該校聯繫之，大喜之書，走到哪兒了？給郵局快遞送達者發個小紅包，也不失為禮節，讓其隨喜。

我為你提的建議較為偏激，但是真誠的，真沒想到你的過人之處：

在北京與廣州之間選擇中間一個點。

此乃明智之舉，中庸之舉，更是實在之舉。

吾省歷史上我最敬重的是司馬遷、李二曲與吳宓。讀吳宓日記一九四六年那一段，他任武漢大學外國語言文學系教授兼主任時，為當地報紙寫過不少好文章，而異常難找。他在武漢與錢鍾書父親錢基博過從甚密，其種種故事，我皆興趣盎然。因為，吳宓一九二六年起在清華大學任外國語言文學系教授時，錢鍾書是其學生，可能是錢基博領著公子特意拜訪過吳宓。

可能是二〇〇四年，我與從國外回來的英語專家並趙衛平，專程到武漢鋼鐵學院、理工大學，為其企業招收大學畢業生。正給學生面試，英語專家要去上廁所，我口語太爛乃匆忙湊數，皆從最簡單問起，我記得問最多的就是：

Can you tell me something about your last name？

family name？

first name？

Christian name？

阿彌陀佛，他終於返回，我急了一身大汗。

因為武漢大學是好大學，學子看不上這家企業，乃不敢前往，憾哉！

武漢大學特別好，我特別敬仰的大史學家嚴耕望，就是從武漢大學畢業的，民國時期學生宿舍環境特別好，但現在情況如何，不知。

我這三年費力寫的新書《親近嚴耕望：歷史地理論文隨筆集》，就天天激勵著我，武漢大學亦常在夢中。

你怎麼這麼鬼，好像參透我與武漢大學的因緣，太聰明也。

但我前些年與該大學檔案館教師打過交道，是一項學術研究需要原始資料的尋覓，當然是一種學術嗅覺。是從我自己學校層層申請，學校開具介紹信，再寄去；沒幾天，該檔案館老師就破例把抗戰時期最原始史學系班上學生花名冊影印本發給我，特別珍貴，是手寫文本。為我文章找到了最重要證據。起碼我猜測方

向對頭。拙作〈嚴耕望與嚴耕旺〉也很快在北京中華書局《書品》雜誌發表。我也把成果好像專門寄了一份給貴校檔案館。我對該大學挺有感情的。

本來必須是該大學學生才有資格查閱自己學生時期檔案。我把塗上飆主編《樂山時期的武漢大學1938～1946》中的優點與疑問，都說了，並把我要研究的課題與猜想都如實告訴了對方，沒想到，塗上飆就是該館館長。他們也覺得我能為武漢大學培養出特異人才寫出點研究心得、做點有意義之事，而特別給我開綠燈的。

而後還專門給其送上自己的著作，以表謝意。現在我還記得接待我的老師曾在部隊幹過，辦事非常幹練。

我的新書《親近嚴耕望：歷史地理論文隨筆集》出來後，你若有興趣，電子版一定呈上。或通過你給武漢大學圖書館送一本，如何？

當時還作了另一手準備，就是親自到珞珈山去一趟，親自體驗一下武漢大學的氣氛。沒想到你能前往之，太好了。望以嚴耕望校友為知識份子之標杆與楷模，踏實努力為學，不僅讀個本科，起碼再拿個碩士博士什麼的，為安康人為母校爭氣。

肯定，後生可畏，乃不可限量也。

武漢湖北離咱們近，生活習慣亦相近，甚好。你的選擇特別聰明，值得點贊。

開學前，望別亂跑，生活規律，恢復常態生活。

我這邊沒什麼可報告的。

上海理工大學招生老師特地來陝西招生，第一站是西安第一中學（放榜當天上午）。該老師是我提起的日本精華藝術大學吳越副教授原同事，與吳家甚熟，故吳越父親，即我朋友、西安理工大學退休教授吳老師即請上海老師午飯，是六月二十五日中午。上海理工大學請其第二日前往延安而略有顧慮，吳教授特解釋該地方這幾年甚好。我朋友吳教授也與我交換了該大學錄取資訊，是在一萬名次之內，與你的好分相差甚遠，也就不便叨擾之。

　　另外，就是專門要寫一篇文章，二十六日中午到陝西科技大學學生食堂體驗一次，感覺特別好。此文以後你肯定會看到。我性格急，寫作目標確定後，乃馬不停蹄直奔主題。

　　我們（知識青年小組）計畫文本有一兩處小修訂，但主要內容沒有任何變化。我還要再傳一次給你。四年五年皆如舊。

　　此次合作特別愉快，感謝母校，感謝上蒼，感謝我們插隊的中原公社近鄰走出來的優秀學子。

　　真誠地向你

致敬！

校友 李建國

二〇二一年六月二十七日

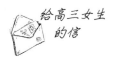

給高三女生
的信

注釋

〔1〕該女生最終填寫提前錄取志願的幾所大學裡，第一所就是武漢
　　大學，乃從方方面面深思熟慮的，也有廈門大學；然則第一所
　　大學即如願錄取之。

塗上飆主編《樂山時期的武漢大學1938-1946》，長江文藝出版社二
○○九年三月出版，大十六開本。

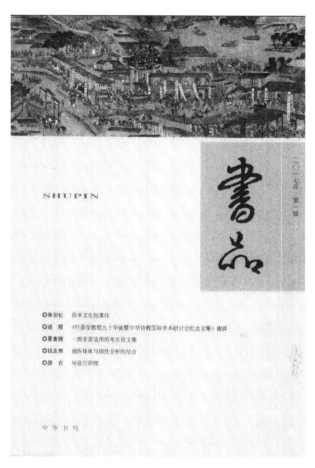

《書品》雜誌二〇一七年第一輯即刊發拙作，沒幾天該雜誌即終刊。

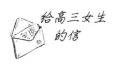

《書品》目錄頁

· 第五十四封 ·

吉村妃鞠獨奏〈流浪者之歌〉與你的專業

小Wouang校友好！

過去答應傳古典音樂給你聽。

我真的一點不懂音樂，也很少有時間聽之。

這一兩年心情不好時偶爾會欣賞之。

〈流浪者之歌〉是小提琴演奏技藝高難度之經典曲目。

她是小妹妹，又不是小妹妹，而是全世界大師級小提琴家。

雖然此曲我也比對著聽過世界級大師們同一曲目的諸多演奏，比如曾聽過吾國盛中國、呂思清小提琴家同一曲目的演奏，還聽過華裔兩位女小提琴家同一曲目的演奏，然則，相比之下，愚還是喜歡吉村妃鞠。

心理難過時，即與你同等待武漢大學通知書準確音信時，從其琴聲裡可以聽到人生孤寂、失望、等待、空虛、焦慮、憂傷、哀愁或美麗的哀愁。

自己心靈即受之震撼，與之共鳴。特別是琴聲敲打人性痛處、弱處時，我們服膺於美妙音樂，才知道白居易謫居九江，聽不到優美音樂的苦惱，與「嘔啞嘲哳」為伴的失落。[1]

大師們演奏此曲，在樂譜音調的交代上，或比吉村妃鞠更準確、清晰，甚至老練，但演奏意識過強過濃，反倒不似太好，然

則，我還是更喜歡吉村妃鞠。

　　她的演出，表演不刻意，演出痕跡不是雕琢而成，乃音樂與之渾然一體，太美了。好像不留痕跡地把聽眾觀眾全喚醒而沉浸其中。她是在享受中完成經典曲目的，她即是音樂，音樂即是她。她的演奏，幼稚中見深刻，舒緩中見急促，奔放中見收斂；她自己就是音樂，已與之完全融為一體。不做作，不虛偽，不誇張，自然而然。這仿佛才是真正之音樂。

　　在她面前，我們皆渺小的是一滴水，她完全就是大海！

　　音樂高潮部分，愚感覺到人生的快樂，即與吉普賽人奔放快節奏舞步的徹底快樂、徹底放鬆。心靈好像是為快樂的點擊聲提醒著，美妙而無語。

　　許多聽眾竟然與我相通、相同。雖然，吉村妃鞠爾後年齡愈長而在交響樂團中領銜獨奏小提琴諸多曲目之表演，亦震撼世界，亦為經典，但不知為什麼，我更欣賞她七歲年幼時或稍後的演奏！那張娃娃臉的自然、甜美而粲然，在任何一位世界級音樂家身上皆難以睹之。[2]

　　進而我又反思現實，我們的報刊、網路、電視，大多以庸俗低級東西所充斥之，沒有這樣高級表演，所以五十年內，甚至百年內，亦不可能誕生這種世界級的音樂家，也永遠在世界級高雅音樂中拿不到冠軍。當然，也難以誕生高雅音樂的創作者。即使我們皆能成為富翁富婆，也難以把自己的子嗣培養成鋼琴王子、小提琴王后，因為人只有富裕三代後才知道怎樣花錢。

　　這就是我們與亞洲第一之日本的距離。也就是我們今天得不

　　　　　·第五十四封·

到別人尊重的原因之一。

當然，我們在能以小提琴獨奏而交響樂團為之伴奏的吉村妃鞠面前，都是貧窮的（僅從收入言），但音樂是跨越國境的，是演奏給全世界的，不分貧富，不分階級，不分身體健康與不健康，不分心情快樂與不快樂。我們與富人比，他們是坐在音樂廳裡，我們是坐在家裡，只要有手機有網路即可。後者效果雖略差，但更自由而已。

特別讓人感動欣慰的是，你在個別細微處，有一點點像吉村妃鞠。她的演奏，是那樣從容、認真、執著、堅毅、鎮定、輕鬆、自如。

她正面拉琴的表情，的確在骨子裡有點你的影子。

我又向幾位大學領導請教你的專業，他們答覆皆認為：四五年後國家情景如何，哪個專業就業率更好，更難說。珍惜眼前，珍惜當下。

趙衛平（部長）原話是：他年輕時也在武漢上過大學，那裡熱。估計與恒口一樣熱，它與南京皆為長江邊幾大火爐之一。好在現在條件好，有空調，

你若要把印刷與包裝專業作為終身事業，此門專業需要數學、理綜做基礎，你數學、理綜都不錯，也不怕。而且它還需要文科好，你也很優秀！既然是你的選擇，就要有擔當，也要知道答謝感恩制訂此政策的溫家寶總理。

另，如要換專業，諮詢大學領導後，第一年班上成績前五名者有此資格。

　　入學後，除了加強英文會說會寫外，第二外語我曾議過選德文較好。但現在我感覺如確定印刷與包裝專業，選日文，也是好選項。因日本印刷與包裝在亞洲都是第一，臺灣緊隨其後是第二或與韓國共同為第二。從朋友送我的日文書看，日本整體比大陸好。我送你那本取英文名之書，北京一位大編輯，北京大學地理系博士，曾任職商務印書館（大陸最好出版社），現任職人民教育出版社（離家近工資也高），一拿到手上即認為，此書印製甚好。這是我一步步與臺灣出版社主編商議、編輯而成；若資金投入更多，會更好。

　　日本社會在繼承吾國線裝書印刷方面，仍在亞洲領先，特別讓人感動。吾國現在線裝書的印刷已少得不能再少。

　　我也為朋友近萬冊日文書，當過四年保管員（可惜不識日文）。後來這批圖書由主人捐贈給西北大學圖書館了，也是我的建議，他們最後做出其善舉。

　　日文與英文反差大，連錢鍾書都不會。學此更現實，更有可能實現留學國外的機會。

　　德文雖然難學，但畢竟遠。歐洲語言，精通一門英語似亦很好。

　　這次在恒口相會，看到你安靜（哲學的一種狀態）、舒展的神態，從未見到過的，真心為你高興。

　　校友李建國
　　二〇二一年七月二十六日寫起又中斷，八月一日再補充之。

注釋

〔1〕最近我讀到吾國論音樂之佳文，是晚清大家范當世〈況簫字說〉。這是一篇命名文書，而談到音樂，堪與白居易為知音：

南宮生于鳳鳴，從余學為文且一年，而自字曰睨曉，吾改字之曰況簫，蓋取諸〈簫〉、〈韶〉以配其名，而進之以聲音之道，不取簫之異文也。

世之為士而不學，為學而不要諸道，為道而鄙斯文為不足求者，此皆吾所謂無歸之人，生固聞之而不足辯矣。惟獨聲音之道，則吾亦惡夫無本而曉曉若俳伎者。而其為道也至大，則六經百氏之所有，莫不於是乎要其成，不則堯舜兩聖人賡續百五十年，而贊之以禹、皋陶、稷、契二十二人之賢，何其德之彌綸乎天地而區區乎必〈韶〉以傳也。前聖莫大於舜，後聖莫大於夫子，此兩聖人之相遇，一在乎聲音之中。武王之德之遜，夫子不敢斥，言而未嘗不取斷於「韶」、「武」。季札來觀，陳四代之聲而殿最，其人無一失者。惟我夫子有聖人之德而無其位，不敢作樂，然後金聲玉振之事一存乎其文，而匹夫聞道者百世承焉。先王之道莫大乎禮樂兩端，禮至今不可謂遂亡，而樂之事竟絕於天壤者，何也？

古之所謂大禮者，蓋取兆人心德為之，而其所謂大樂者獨取聖人之心德為之，聖人不在上，而此事乃廢而屬之伶人。然而聲之為物也至神，而其感人也至深，如之何而可絕也？是故身不為樂而宣諸文者，聖人之有以自樂也。天下之無樂而聖人當之以文，則使天下之人樂其樂而興於善也。此自古作者莫不皆然，而豈能苟焉以傳乎！是故人之身不足存也而存其道，道無所寄也而寄諸言，言可聞者偽之也，而有不可偽之氣。氣行乎幽而不可識也，揚其聲而求之。聲之至者謂之樂，聲出於口而未有不合焉者，自然之奏也，文之而改矣。然自口者不可以久留，而亦非聲之至也，必也文之而盡如其口，則至矣乎。猶之乎人也，人之初未有不善焉者，自然之性也，學焉而泪矣，然是初者不可以久留，而亦非人之至也，必也學之而盡復其初，則至矣乎。惟聖人之作樂亦然，凡物可觸而鳴者莫不有聲而莫不可聽也，然而非樂之至也，必也羣天下之物而和之節之，沒

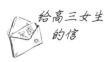

其所象有而成其大,而傳之可以久,則至矣乎。是故文字者,
八器之待鳴者也;喜怒哀樂者,五聲之情也;辨之毫釐而差以
黍米者,十二律之精也。精通於鬼神,又視其德為大成小成,
是故夫子之文比於〈韶〉,而孟子之文方於〈大夏〉,取札所
論者論此而罔不合焉。《詩》不入樂者亦鮮矣,夫子之言興於
《詩》而成於樂,蓋是道也,逐終身矣夫。

嗚呼!執筆而為文若無不可者,及求之道,何其難也!今之
時,有往來絕國通其一二語言而歸語其鄉之人,臆造而曾益
之,如通百方音者,吾今者實有類於是,然其為生謀者則得
矣。

(《范伯子詩文選集》,寒碧箋評,浙江古籍出版
社二〇〇八年二月,第二七六至二七七頁)

范當世(一八五四至一九〇四),字肯堂、無錯,亦名鑄,號
伯子、銅士。江蘇通州(今南通)人,清末文學家。先後師事
劉熙載、張裕釗,而私淑曾國藩。吳汝綸奇其才,以為「當今
文壇無出肯堂右者」,延之冀州教授,介為姚氏婚姻,又薦入
李鴻章幕,為西席。平生守高不士,以布衣名滿天下,所作詩
古文,得桐城正傳真脈,而激發同光聲氣,成就甚高。

張繼高〈北大,現代中國音樂的火種〉,與《張繼高散文》
(浙江文藝出版社一九八七年四月)中論音樂的數篇佳作,的
確值得一讀。

〔2〕我自己退休前幾乎是個樂盲。我的同根、老朋友于耀明、張應
華伉儷定居日本多年。起初,曾通過微信傳給我日本名家演奏
的小提琴獨奏曲〈橄欖樹〉,特別舒緩深情,而深深打動我,
故此曲很陪伴愚不少時光。因當時剛用微信,還不會收藏,最
終將其弄丟了。後來漸漸愛聆聽小提琴獨奏或交響樂團合奏而
由小提琴領奏的一些曲目。現在常陪伴我的是巴赫〈A 小調小
提琴協奏曲〉,創作於一七二〇年,是巴赫寫給自己的,當時
正經歷喪妻之痛。聆聽者皆以為,此曲是巴赫對自己生命的鼓
舞之作。愚最愛聽 Hilary Hahn 與 Julia Fischer 的演奏。

· 第五十五封 ·

讀書與《學龠》

小Wouang校友好！

我的書，你不必急著讀。[1]我會逐一把二〇一五年後出版的拙作電子版傳給你，作備份，你啥時想看再說。

過去你們遇好書機會少，抓住即讀，沒辦法。

讀書，一定要有計劃地讀經典，比如《紅樓夢》，一定開卷後從第一個字認真讀到最後一個字，終卷，才能再讀第二本。

讀經典亦只能與他者比慢，不宜快。反復讀，才能讀出味。錢穆先生在《學龠》中專門講過古人讀書方法，特別是朱熹讀書方法甚啟發學子，你到武漢大學後借一本錢穆此書，細讀一遍，即終身受益。不能讀著從沒讀過的新書，又去開卷讀第二本讀第三本新書。讀從沒讀過的新書時，只能兼讀已讀過者，不能再讀新書。如同時讀兩本三本新書，這就叫亂讀、亂翻，已不是讀書了。

我年輕時，一位常來往的老師是散文家，也是陝西一家大出版社高級編輯，又引領我加入中國散文家學會，受其影響，散文類書買得多，也讀得多，一本還沒能終卷，又讀第二本第三本，亦爛，即有深刻教訓。這是我自己走過的一段彎路。

讀書，要先讀序與跋，或前言與後記，即大體知道其書內容

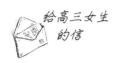

如何，再下決心是否讀。故拙作《老版本：一九〇六至一九四九年間的舊書倩影》，你最多把序、跋讀一次，將來學近代印刷史而老師佈置作業時，可利用拙作裡面材料。

碰到任何一本所謂好書，都是先讀序與跋。才能知道並判斷是否接著讀。

這是指非圖書館專業畢業而不懂得書目這門大學問的情景。比如你要研究民國版本某本書，即要先翻《民國時期總書目》（大十六開二十一巨冊），才能詳細知道其內容如何其版本價值如何？讀吾國或外國任何一個朝代的某本書，都要先知道其版本如何其內容如何？比如你現在讀《紅樓夢》，是我介入後，你才讀到最好找亦為最好的簡體字版本，如深入之，就能少走許多彎路。

大學學習期間，是以功課為主，與此讀書方法不同。

因為古之學者讀書為己，今之學者讀書乃為別人。你們讀書早已是為別人，早已不是真正為自己，是為了別人能承認你是名牌大學本科畢業的優秀學子。所以才有選專業之說。你真正喜歡的大學專業，而發奮讀，才是為己；或國家分配給你的專業，你比較喜歡，發奮讀而漸入其境，才是為己。

文科、理工科課本又不同。

文科教材我們讀大學時基本是文革前編輯的，或好或一般或差。

可能現在情況好點。但有一個事實即一九四九年之後，不知哪裡出現問題，再也沒有培養出像陳寅恪、錢穆、嚴耕望、錢鍾

書、季羨林、饒宗頤、南懷瑾、楊憲益這樣的大學問家。

錢穆咱們提到過，是武漢大學優秀學子嚴耕望的老師，嚴耕望研究生導師。錢穆的確是小學畢業，自學成才。後來教小學、教中學。

顧頡剛請他到北京一些大學教大學，因他文章寫得太好了，北京大學名教授也寫不出來。他抗戰之前到北京大學當教授，特受學生歡迎。

你與你姐將來有機會到我書房看看，錢穆著作太多了，深邃廣博又專精，兩岸三地能追及他的，同代學人，幾乎沒有！

理工科教材比較專業，名牌大學教材會更好些，與我們文科不同。

但這兩年，大家更追求外國更經典的原版英文教材。西安外國語大學商學院財會專業就用的是英文原版教材，英語授課，我業師外孫女就讀此校此專業，而後續甚好，一年就在英國讀碩士專業畢業，就業北京，收入甚好。另我親戚小孩留學過新加坡、法國，因懂兩門外語，為深圳一名牌九年制學校聘用，其所用主要課本即為英國原版，因學生最後一年在澳大利亞要完成學業。

我自己現在讀書，主要是為自己研究主題展開。拙書房書架十幾個，圖書五千餘本，而且每年還有新書購進。根本不敢亂翻，書架上讀過的書，只是引用時仔細核對引文而已。要研究的嚴耕望十七本大作，就睡在我大床旁邊，隨時翻看。即便如此，近一年每次回平利、安康小住，亦僅能帶其《唐代交通圖考》（全六冊）中兩本或一本。

　　吾師弟王曉勇博士知道此套書近年常與我相伴,特把六本電子版傳我微信中,供愚在離開西安書房時享用。

　　你法文名字拼法如下:

Wouan Cheou Kue;

Uang Cheou Kue;

Wang Cheou Kue。[2]

　　英文拼法還是用老式拼法地道,拙作《取個有意思的英文名字　中華文化名人英文名字六百家》例證甚多,直接從中選用。

采詩

二〇二一年八月二至三日

　　你要有興趣,在淘寶網買一本二手書:

　　林磊《嚴耕望先生編年事輯》,中華書局二〇一五年一月版,仔細讀一遍,就知道他是武漢大學民國年間培養出來的最好學生,也是一百年來最優秀的史學大家。

注釋

〔1〕指 PDF 電子版《老版本:一九〇六至一九四九年間的舊書倩影》等書。

〔2〕愚為年輕學子取法文名主要參考書為:

　　一、周永珍《留法記事:二十世紀初中國留法史料輯錄》,國家圖書館出版社二〇〇八年七月。內中有鄧小平(鄧希賢)、聶榮臻、蔡暢、蔡和森、徐特立、許德珩、蕭三、陳喬年、陳

延年、王獨清、徐悲鴻、蔣碧薇、李金髮、李劼人、林風眠、
盛成等前輩早年留法時其法文名字的一些拼法。
二、黃長著、孫越生、王祖望主編《歐洲中國學》，社會科學
文獻出版社二〇〇五年九月。
三、新華通訊社譯名室編《法語姓名譯名手冊》，商務印書館
一九九六年十二月。

給高三女生
的信

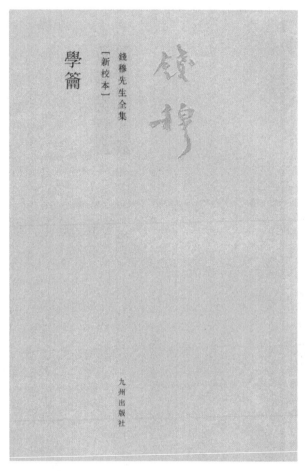

九州出版社二〇一一年五月版為臺灣原版，最好。

·第五十六封·

余英時已超越胡適[1]

小Wouang校友好！

余英時與師兄嚴耕望加在一起，恐學可敵國[2]。

余氏一生有近六十部著作，我手上只有十二三本，多為大陸動了手腳的，還算編輯得不錯。七八年前還可以拖朋友從臺灣購買之，但這條路已被堵死。他有些書被列為禁書。他七十歲開始寫《朱熹的歷史世界》，一千餘頁。其毅力及內容皆超越前賢。他主要是研究中國思想史的。

嚴耕望一生史學著作有二十餘部，我共有十七部，重要的皆全。大陸版極個別是簡體字本，刪減不是太多。

《讀書》雜誌一九七九年四月創刊時，反思文革而喊出的「讀書無禁區」，開啟一個新時代。然則沒幾天，官老爺根本不遵守，且大加干涉。

大陸所謂學人加在一起、把日本漢學家也加在一起，也無以比勘嚴氏余氏二位、錢穆的好學生。也可以這樣說：胡適，是中國二十世紀的良心[3]；余英時，乃超越之。

日本最權威漢學家島田虔次，竟然說余英時是百科全書式的學者，最了不起的學者！沒有人知道他下一部書寫什麼。

我原有一部他文學評論集《紅樓夢的兩個世界》，因沒有再

研究紅學計畫，送給平利大學同學了。他的書由於不好找，每部
在大陸淘寶網或孔夫子舊書網皆價很高，幾百元或千餘元。老百
姓心理有一桿秤：知道誰貴誰賤。

　　日本學人一聽到嚴耕望的名字就嚇一跳：以為這是個筆名，
是個寫作班子，有十幾個人一起工作！嚴耕望說，他在中央研究
院歷史語言研究所工作，無論職位高低每個人都是獨立的，也沒
有任何特權。他自己也是一樣，還請不起助手。他晚年也僅能請
一位謄寫工。把它標明那冊書那一段文字，請其抄寫而已。

　　我是二○○四年之後才陸續買到廣西師範大學出版社出版的
余英時文集中的前十卷，發狠通讀一遍，有些章節讀過多遍。由
余氏大作而得知嚴耕望。二○○七年上海古籍出版社推出嚴耕望
史學作品集十六部，我是遲至二○一○年在爬秦嶺北坡四十餘條
山峪前，總要翻看相關部分，讀之即震驚。退休後前幾年整理退
休前積累的成果而出版之，惟三年前又開始下大功夫通讀嚴氏，
乃得三十來篇歷史地理論文隨筆並與其生平相關的文章。我自己
知道愚讀嚴氏根本難入其門，故我今年新書，原擬訂一個副標
題：論文邊上的短信（有模仿錢鍾書《寫在人生邊上》之嫌
疑），後來沒有用。故愚最想表達的就是：親近嚴耕望！

　　讀余英時，當時恐有一些感想，即融入我《書房湿湿——從
李二曲到唐德剛》（二○一八年七月在臺灣出版）個別文章中；
之後真的不敢下筆，因自己在余英時之珠穆朗瑪峰跟前就是山腳
下一抔土。

　　大陸一直有人罵他，皆為反智識者，不必在意。因為美國國

家圖書館頒獎之評委，還有第一屆唐獎（港臺企業家設立的，又有「東方諾貝爾獎」之稱）之評委，皆非傻瓜。罵人者從來就是最喜歡美元，最喜歡把大把大把銀子存放到美國，甚至在美國買別墅，讓孩子在美國讀書，乃口是心非，不值得一提。

采詩

二〇二一年八月六日開筆，八日畢。

注釋

〔1〕那兩天余英時先生剛離世，敬仰並悼念而談論之。

〔2〕指日本漢學界，無以比美之。
另，「有一位同學留學日本，據他說，好多日本學人以為我有一個研究班子，跟我搜集材料。其實我還沒有力量能請幾個人協助做工作；史語所也無此制度，每位研究人員，不論職位高低，都是獨立的研究。」嚴耕望《治史三書》，遼寧教育出版社一九九八年三月，第一〇〇頁注①。

〔3〕我讀臺灣、香港與海外圖書甚少，僅知道余光中曾有一篇散文叫：〈中國的良心——胡適〉，收入余氏第一部散文集《左手的繆思》，時報文化出版事業有限公司一九八〇年四月三十日初版。

《余英時文集第一卷：史學、史家與時代》，廣西師範大學二○○四年四月第一版。

· 第五十六封 ·

臺灣聯經出版事業股份公司二〇〇九年十二月初版，我請朋友買回的。

給高三女生
的信

跋

　　我自己收入，主要就是退休金，截止二○二一年上半年，每月入賬約一千美金。若論主要工資之收入，乃歷史最高指標。

　　能滿足基本生活所需，沒有還房貸之虞，也不用再給孩子錢，不再做什麼投資，應該足矣。

　　特別是二○一○年前後，雙親不能自理而侍奉之達十餘年之久，最大體會即：老年人除了生活規律、心情好、心態平和外，生活若簡樸、飲食若以簡單、清淡而營養合理、科學為目標，乃長壽之關鍵也。

　　然而，看見身邊諸多長輩、鄰居、同事、同學，甚至插隊時戰友，追求存款、理財之最多利息，大有瘋狂之勢：

　　吾父戰友，將幾十萬投至長安縣某大學集資詐騙大案中，其工作人員看在他人好而及時提醒之，才將絕大部分錢款撤資而免遭巨大損失；然則仍有兩萬元小錢未能撤離，而有去無回也。正是因為大錢撤出來了，而感覺比他人慶倖，才將此事告訴我。

　　我鄰居大姐，是從漢中退休回西安與子女居住生活的，她為了追求存款之高額利息之回報，也深陷長安縣某大學集資詐騙大案中：不僅把自己一生四十萬儲蓄賠進去，還從女兒處借款二十萬，亦搭進去了。這是她與女兒回老宅收拾舊物時鄰里相見親口所言。

我一位大學工作的同事，這一兩年即陷入安康存錢獲取10%暴利中，前些年已獲取了四五萬高額利潤，最終是十萬本金再也無法收回。大概是四五年前，我們一起去安康市漢濱區縣河農家樂吃飯時，聆聽此投資，愚還勸之，他乃不聽也。此次落筆為慎重之故，再次溝通後證實：他們一撥兒受騙者，是近年安康市金融犯罪四五起之一，其金額數字皆在公檢法已備案，而且金融犯罪之老闆，入獄後表現較好，有可能減刑提前釋放之；因入獄者欠錢恐不大多，外面還有一個正在運行的藥廠，若提前釋放讓其好好經營之，再給大家慢慢還款。

　　我插隊時戰友，親口告訴我：她把家裡所有錢即上百萬積蓄，全投入至安康某金融公司而每年可獲取10%利息之中，其老闆虧本而公司無法運營後，在北京跳樓自殺，其錢即全沒了。她特別艱難而尷尬的處境，逐一告訴我，聽得我驚心動魄。

　　我一位大學同學前幾年也進入安康某私人金融公司，存入五十萬，要獲取高額利潤。我二〇一七年春節去看他，他如實說出；嚇得我不知怎樣勸其止步。憑藉上大學時安康縣僅我們三人之深厚感情，我還得盡同學之職，苦口婆心，可是怎麼也說服不了。臨走時，我把財政部長原話囑之：存款超過6%利息，就不可靠！不要貪圖發財！你若如此，與貪官何異？二〇二一年春節元宵那天，再去見之，一到廚房就悄悄問其太太，五十萬撤出來沒有？撤了。我才釋然。元宵節本是自家團圓日子，我是上午下漢江散步，順便趨其家，他乃抱住我，堅決不讓走。

　　《大學》曰：知止而後有定，定而後能靜，靜而後能安，安

而後能慮,慮而後能得。

　　大陸經濟發展速度成為世界之最以後,銀行利率甚高,然則個人還是應遵循古訓,知止為好。

　　我自己略有理財產品或有存款,皆不敢望其高,僅為低一等低二等而已。有一次,在西安代為基層縣上親戚理財,其到期後,紅利甚好,大約為5%,亦僅此一次,不敢有繼。因其理財開始時就要想到,若賠本的話,自己能否賠得起?

　　犬子同學竟然有兩位皆把數百萬元放在某銀行理財產品中,卻顆粒無收;他是做金融工作的,深有感觸焉。

　　文人好古玩,乃秉性也。退休前,愚無奢望而得之者,皆為機緣,亦並無贗品。然則退休後,略有一點閒錢,又略施諸小錢,原本絕無發大財之欲,僅為喜好也。雖偶有收獲之所謂古董,日後還特請高手或國家級專業機構,用專業機器鑒定過一兩件,竟然有失手之大誤,乃再不敢造次也。

　　二〇二一年十月底至十一月初,我在西安南郊某國營醫院住院期間,認識了一位病友,曾購買各種所謂保健品,五年時間共花費了二十餘萬元,實際上是被騙走了二十餘萬元。其中,僅打一針所謂幹細胞,就讓人騙去五萬元。最瘋狂時,他家裡各種所謂保健品有十八種,居然能堅持一段時間天天食之。

　　十月三十日,他是因飲食過量如吃「鏡糕」(關中地區一種特色小吃)等不大容易消化食品而引起腳腫、肚子圓鼓鼓、上吐又不能再食、下堵不暢而住院的,與我一個科室,遲我一天入住,同我是床挨床。由於與之相處了十餘天,交流順暢,其被騙

情況大致摸清。

　　這位長者，乃鰈夫，今年已八十七周歲，是長安縣杜陵人，小學四年級文化程度，即初小畢業。二十歲正式參加工作，而農轉非，吃上商品糧，即為當年人們嚮往的脫離了面朝黃土背朝天之農村，成為西安城南郊某部隊醫院國家正式職工。二〇二一年，他退休工資每年六萬餘元，享受軍隊公租房一套，價廉。

　　他有長壽眉，腿腳有勁兒，住在友誼東路某家屬院內，是在和平門外李家村城市生活圈內，東南西北活動之，甚自如，且非常熟絡。西安建築科技大學華清廣場超市、李家村萬達廣場Warlmart超市，和平門外雁塔路華潤超市，以及安東街、安西街、建東街、標新街每家店面與各種小吃飯店，以及太安街早市，皆跑遍了，扳起指頭數來數去，如數家珍。由於西安地鐵與公交大巴、中巴給西安城七十歲以上老人皆免費（非上班高峰時間），他能坐地鐵東至紡織城，西至咸陽，南至長安縣韋曲之南。他小兒子在西安市城內醫藥系統工作，小家居東門附近，很孝順，晚上要趨其父宅陪護老人居住。

　　十一月四日晨，其病情好轉而穩定後，他急著出醫院大門到附近菜市場轉悠一圈，想讓我陪他同行，愚未之應。因疫情期間醫院紀律是不准病人出醫院的，且隔一日即要做一次核酸檢測。他能較自由進出醫院，是本院職工而與門衛皆熟悉的原因。他轉了一圈回來告知情況是：

　　曾給安東街附近一家洗腳店交了二千八百元錢，洗腳店出售給他半份「五藏疏通丸」，同時可以當天免費泡腳一次，三百六

十五天亦可天天免費洗腳一次（能去洗腳店洗腳的一個原因是：他年紀大視力不太好，坐下來由於肚子大已經手握不緊腳、並看不清腳指甲，乃無法剪腳指甲）。而且每月四日或五日可以領一盤雞蛋，三十個，但要本人親自領；洗腳店害怕家人知道後阻止其繼續上當受騙。

二○二一年十一月四日早七點半之前，他趕到洗腳店急著要領雞蛋，但其店還未開門而返回；我對他說，醫院八點半以後打吊針時讓其子女去領，他說不行，必須本人才能領。然則其子女在他住院期間，吃他買回來的雞蛋，即感覺是過期甚久者。

洗腳店就是掌握孤寡老人好占小便宜、與無人聊天內心孤寂之心理，以及生活中像剪腳指甲這些小問題之不便解決等，先以十元錢可以洗腳十一天的優惠活動把你騙進店內；當天入店者即享有贈送五個雞蛋的優惠；若其能推薦他者亦來洗腳，再送其五個雞蛋。然後在洗腳過程中再施展技巧推銷其所謂保健品。十一天優惠期間（即「做活動 」）若沒能騙你入筍，再以一百六十元優惠洗腳兩個月的「做活動」延長之，直至騙到錢為止。

我二○二○年下半年至二○二一年上半年，常常接到一個陌生電話，對方是位年輕女子，開口就是公司「做活動」請你下午來領雞蛋、來領禮品。其辦公地址在西安城北郊大明宮某處；居然打了將近十幾次。我根本就不認識你，憑什麼給我送雞蛋？愚後來把此電話號碼加入至黑名單，才終於勉遭騷擾與誘惑。

我自己在現實生活中，時時告誡自己：士、工、農、商，士為首。我要盡其責，以自樹立其身，做好四民之楷模，士之楨

鞅。天下真沒有白吃的午飯；也不可能花少錢就能買到尚好的物品。可是大陸某著名網站點擊進入首頁之廣告語為：

「花少錢，買好書。」

花少錢可以買到好手機嗎？

花少錢可以買到好轎車嗎？

花少錢可以買到好商品房嗎？

花少錢可以買到好遊艇嗎？

花少錢可以買到好飛機嗎？

只要是思路清晰思維清楚的正常人，他一定知道：花少錢是買不到任何好東西的。所謂廣告語，常常害人也。

二〇二一年五月至六月間，我想先買一本《全元文索引》，到手仔細翻看後，再下決心拿下六十冊精裝本《全元文》（鳳凰出版社二〇〇四年十二月）。可是在淘寶網、京東網、孔夫子舊書網下單三次購買《索引》，皆未能成交，乃以退款終。我下單之賣家，並非此書最便宜出售者。其中有一家發貨地址是北京，可是賣家竟從瀋陽打來電話：缺貨，若要複印本，價不變可發貨；我乃婉言相謝。後來在孔夫子舊書網相中一家書攤，此書價比較高，還分析了其書攤成交率與用戶評價後，再下單而終究成交。

生活本身即是願意前行者的好嚮導。

身邊親歷親聞負面例子多了，反而常教訓而激勵自己：要幹出點積極正面的好事來，才算是真正體會出生活真諦者。

特別是太太老家即在基層縣上，可能常回去看看，對基層學

子升學艱難略知一二，早就萌生支助之想法，也就能踏踏實實做一點小事也。所以選擇支助基層學子之路，乃深思熟慮後的決定；爰點爰滴，略獻之菲薄。

菲薄之獻，乃自己積極做出的一種選擇，恰恰是人生的一種選擇。人若活得有意義、有尊嚴，的確需要向上向善的點滴努力。

愚並不奢求人生完滿，只追求怎樣邁出踏實的步伐。

愚一生與奢華生活無緣，晚年亦並不追求奢華生活，也沒有樂山樂水之計畫，應從容而為，有頭且有尾也。

二〇二一年六月二十四日上午初稿，

二〇二一年十月二十日修改，

二〇二一年十一月八日再改之。

作者信箱：yan_yan315@163.com

國家圖書館出版品預行編目資料

給高三女生的信／采詩 著. 初版.—臺中市：
白象文化事業有限公司，2022.6
　　面；　公分.

ISBN 978-626-7105-67-2（精裝）

856.287　　　　　　　　111004336

給高三女生的信

作　　者　采詩
校　　對　采詩
發 行 人　張輝潭
出版發行　白象文化事業有限公司
　　　　　412台中市大里區科技路1號8樓之2（台中軟體園區）
　　　　　出版專線：（04）2496-5995　　傳真：（04）2496-9901
　　　　　401台中市東區和平街228巷44號（經銷部）
　　　　　購書專線：（04）2220-8589　　傳真：（04）2220-8505
專案主編　陳逸儒
出版編印　林榮威、陳逸儒、黃麗穎、水邊、陳婷婷、李婕
設計創意　張禮南、何佳諠
經紀企劃　張輝潭、徐錦淳、廖書湘
經銷推廣　李莉吟、莊博亞、劉育姍
行銷宣傳　黃姿虹、沈若瑜
營運管理　林金郎、曾千熏
印　　刷　百通科技股份有限公司
初版一刷　2022 年 6 月
定　　價　380 元

白象文化　印書小舖　出版‧經銷‧宣傳‧設計
www.ElephantWhite.com.tw　PressStore出版顧問　自費出版的領導者　購書　白象文化生活館